Poesia brasileira

ANTOLOGIA
Poesia brasileira
Romantismo

Organização
Valentim Facioli
Antonio Carlos Olivieri

Esta edição possui os mesmos textos literários das edições anteriores.
© Valentim Facioli e Antonio Carlos Olivieri, 1985

gerente editorial Claudia Morales
editor Fabricio Waltrick
editor assistente José Muniz Jr.
assistente editorial Grazielle Veiga
coordenadora de revisão Ivany Picasso Batista
revisão Camila Zanon e Alessandra Miranda de Sá

arte
imagem da capa *Mar azul*, 2008, obra de Sandra Cinto
projeto gráfico Fabricio Waltrick e Luiz Henrique Dominguez
editor Vinicius Rossignol Felipe
diagramadora Thatiana Kalaes
editoração eletrônica Acqua Estúdio Gráfico
pesquisa iconográfica Josiane Laurentino

```
CIP-BRASIL. CATALOGAÇÃO NA FONTE
SINDICATO NACIONAL DOS EDITORES DE LIVROS - RJ

A637m
12.ed.

    Poesia brasileira : romantismo / incluindo Gonçalves de Maga-
lhães ... [et al.]; organização de Valentim Facioli e Antonio Carlos
Olivieri. - 12.ed. - São Paulo : Ática, 2011.
    176p. - (Bom Livro)

    Inclui apêndice e bibliografia
    ISBN 978 85 08 13204-1

    1. Poesia brasileira. I. Facioli, Valentim, 1942-. II. Olivieri, Antonio
Carlos. III. Araguaia, Domingos José Gonçalves de Magalhães, Visconde
de, 1811-1882. IV. Série.

10-2613.                          CDD: 869.91
                                  CDU: 821.134.3(81)-1
```

ISBN 978 85 08 13204-1 (aluno)
ISBN 978 85 08 13203-4 (professor)
Código da obra CL 736802
CAE 251534
IS: 248683

2012
12ª edição
2ª impressão
Impressão e acabamento: Gráfica Paym

Todos os direitos reservados pela Editora Ática
Av. Otaviano Alves de Lima, 4400 | Cep 02909-900 | São Paulo | SP
Atendimento ao cliente: 4003-3061 | atendimento@atica.com.br
www.atica.com.br | www.atica.com.br/educacional

IMPORTANTE: Ao comprar um livro, você remunera e reconhece o trabalho do autor e o de muitos outros profissionais envolvidos na produção editorial e na comercialização das obras: editores, revisores, diagramadores, ilustradores, gráficos, divulgadores, distribuidores, livreiros, entre outros. Ajude-nos a combater a cópia ilegal! Ela gera desemprego, prejudica a difusão da cultura e encarece os livros que você compra.

Sumário

Pátria, natureza e sentimentos 9

Gonçalves de Magalhães 27
Saudação à Pátria à vista do Rio de Janeiro no meu regresso da Europa — Em 14 de maio de 1837 29
Noite tempestuosa 31

Gonçalves Dias 35
A minha musa 37
Canção do exílio 41
Se se morre de amor! 43
A tempestade 46
Canção do tamoio 53
Olhos verdes 56

Laurindo Rabelo 59
O que são meus versos 61

Casimiro de Abreu 63
Canção do exílio 65
Meus oito anos 67
A valsa 69
Amor e medo 74

Junqueira Freire 77
Meu filho no claustro 79

Temor 84
Morte 85
O canto do galo 88

Álvares de Azevedo 91
Se eu morresse amanhã! 93
Soneto 94
Soneto 95
Crepúsculo nas montanhas 96
Spleen e charutos 99
Namoro a cavalo 103

Fagundes Varela 105
O sabiá 107
A flor do maracujá 109
Poema 111
Cântico do calvário 112

Bernardo Guimarães 119
A orgia dos duendes 121

Castro Alves 131
O gondoleiro do amor 133
Durante um temporal 135
Adormecida 137
Vozes d'África 139
O navio negreiro 144

Tobias Barreto 153
À vista do Recife 155
A escravidão 159

Sousândrade 161
Harpa XXXII 163
Dá meia-noite 166
Desiderium 167

Bibliografia 169
Obra da capa 175

❥❥❥

PÁTRIA, NATUREZA E SENTIMENTOS

Valentim Facioli
Doutor em literatura brasileira pela Universidade de São Paulo (USP), onde foi professor.

Situação histórica

Nos quase 50 anos que antecederam a publicação de *Memórias póstumas de Brás Cubas* (1880) e *O mulato* (1881), predominou na literatura brasileira o romantismo. O marco inicial desse período foi o lançamento dos *Suspiros poéticos e saudades*, de Gonçalves de Magalhães, em 1836. O início desse movimento coincide com o período que se segue à Independência, as Regências — fase de cerca de dez anos que vai da abdicação de dom Pedro I à proclamação da maioridade de dom Pedro II.

Nesse período inicial, o romantismo se identifica com o projeto nacionalista de "fundação do país" pela criação de uma literatura propriamente brasileira. Esse projeto romântico consistiu em dotar o país de uma literatura que expressasse aquilo que tínhamos de típico, de nacional, de nosso, que fosse diferente de qualquer outro país. Ao mesmo tempo, pretendia-se fundar uma literatura que pudesse ser comparada, sem desvantagens, a qualquer outra dos países europeus. Assim, nossos escritores românticos sentiam-se vivendo uma importante missão: demonstrar, também pela literatura, que o Brasil era um país civilizado e evoluído, à altura de ser comparado aos da Europa.

Isso se fez com a apresentação de uma visão elogiosa e grandiloquente dos vários aspectos do país, em especial a natureza e os sentimentos. Buscava-se demonstrar que estávamos integrados ao novo espírito e à nova sensibilidade romântica europeia. Para que isso se concretizasse, era

Na página oposta, *Índios flechando uma onça* (1830-31), do alemão Johann Moritz Rugendas. A natureza brasileira e os indígenas, retratados por artistas europeus, também foram tematizados por nossos escritores neoclássicos e românticos.

preciso suprir as necessidades do país. Companhias teatrais foram organizadas, casas de espetáculos criadas, fundou-se o Instituto Histórico e Geográfico Nacional. Surgiu também uma Sociedade Auxiliadora da Indústria Nacional.

A criação de uma literatura nacional pelos românticos supunha uma "organização da inteligência nacional", por "um modo que aproveitasse a todos os brasileiros". Para tanto, a poesia, o romance e o teatro procuraram revelar os diferentes aspectos do país e do homem brasileiro: o amor à pátria, a grandeza do território, a beleza e majestade da natureza, a igualdade entre todos os habitantes do país, a benevolência e hospitalidade do povo, as grandes virtudes dos nossos costumes patriarcais, as qualidades afetivas e morais da mulher brasileira, o alto padrão da nossa civilização, nossa privilegiada paz social... Essas crenças

> influíram fortemente no espírito dos brasileiros da época do romantismo, determinando-lhes, a par de todo um comportamento político e social, uma peculiar concepção da realidade material e moral da pátria, e, muito particularmente, [...] uma temática literária[1].

Para nós, leitores de hoje, é importante compreender que o Brasil não correspondia à imagem que os românticos divulgavam. Por volta de 1850, a população do país era de pouco mais de 8 milhões de habitantes: 5,5 milhões eram homens livres; 2,5 milhões, escravos. Do total de habitantes, apenas 15 a 20% eram alfabetizados. A economia do país era quase exclusivamente rural, agrícola, à custa do trabalho escravo. Importávamos tudo o que era consumido de origem industrial: roupas, calçados, móveis, papel (inclusive livros), máquinas, etc. A sociedade estava dividida basicamente em duas classes: senhores e escravos. Os homens livres, não proprietários, viviam em estreita dependência econômica, pessoal e moral dos grandes proprietários rurais, por relações de favor e proteção. Esses proprietários constituíam a base do poder

---

1   SOARES AMORA, Antônio. *O romantismo*. São Paulo: Cultrix, 1967. (Roteiro das grandes literaturas: a literatura brasileira, vol. II)

político que se consolidou no país após a abdicação de dom Pedro I, em 1831. E, com a derrota dos vários movimentos populares nas províncias ou na Corte, os grandes proprietários organizaram a vida política do Império de modo a fazer prevalecer seus interesses e privilégios.

Só depois de 1870 esse poder começou a sofrer abalos, com as leis antiescravocratas (a proibição do tráfico, a Lei do Ventre Livre, a dos Sexagenários). É preciso destacar também o surgimento de uma classe de comerciantes nas cidades, politicamente mais liberais e cujos interesses às vezes conflitavam com os dos proprietários rurais. Ao mesmo tempo, as conquistas sociais e políticas na Europa capitalista tiveram forte influxo sobre o Brasil. Elas produziram uma corrente intelectual crítica que passou a denunciar a escravidão, as misérias, as desigualdades e o atraso do Império. Isso explica o aparecimento de um poeta como Castro Alves, o poeta dos escravos, já em fins da década de 1860.

Capa do *Tratado da Abolição do Tráfico de Escravos* (1815), firmado entre Portugal e Inglaterra. Demorariam ainda 72 anos para que a Lei Áurea fosse assinada – o Brasil foi o último país das Américas a proibir o trabalho escravo.

No Brasil dessa época, só podiam votar e ser votados os proprietários que tivessem altos rendimentos. As decisões sobre o país e o povo eram reservadas a um pequeno grupo social, que governava em favor de si próprio. As escolas eram poucas; entre os ricos, a educação se fazia em casa, com tutores ou professores particulares. Entre os menos ricos e os pobres, campeava o analfabetismo puro e simples. As mulheres raramente saíam em público e, mesmo no interior das casas, não costumavam aparecer para visitas estranhas. É o que se pode ver, por exemplo, no romance *Inocência*, do visconde de Taunay.

Esse panorama sofreu modificações nas cidades, especialmente no Rio de Janeiro, que era a Corte, sede do império. Ali floresceu um comércio mais intenso de mercadorias e de ideias; surgiram os teatros, os bailes; as ruas movimentaram-se; a burocracia civil e militar conseguiu certa autonomia em relação aos proprietários e aos políticos conservadores. O surgimento de algumas escolas médias e superiores (Rio de Janeiro, Pernambuco, Bahia e São

Em foto de Militão Augusto de Azevedo, de 1862, a Igreja de São Francisco e a Faculdade de Direito de São Paulo. Fundada em 1827, essa instituição de ensino foi palco de intensas discussões políticas e literárias. Lá estudaram escritores como Álvares de Azevedo, Castro Alves, Fagundes Varella e José de Alencar.

Paulo) fez crescer o número de jovens mais liberados dos rígidos controles patriarcais. As próprias mulheres puderam sair da reclusão em que eram mantidas. Na verdade, os jovens estudantes, a burocracia e as mulheres mais liberadas constituíram o pequeno público que lia e consumia a literatura romântica, tanto a produzida aqui como a importada da Europa, especialmente da França.

Os escritores românticos brasileiros dirigiam-se, portanto, a um público pequeno e ideologicamente restrito — tanto quanto os próprios escritores, identificados com pequenas diferenças em relação aos valores, crenças e interesses da classe de proprietários, politicamente dominante.

Nós, leitores de hoje, podemos facilmente perceber que o romantismo era bastante contraditório. De um lado, importava formas artísticas e conteúdos sociais da Europa, onde o romantismo identificava-se com certos valores burgueses que no Brasil ainda não eram aceitos. De outro, nossos românticos escreviam num país muito atrasado em relação à Europa, mas precisavam mostrar que éramos progressistas e civilizados. O resultado é que nosso romantismo, lido de uma perspectiva atual, parece ainda novo e de grande vitalidade — pois começa uma literatura que ainda não existia de verdade —, conforme nossas condições sociais e intelectuais. Entretanto, parece também frágil e imitador no conjunto das literaturas do Ocidente. Daí ele parecer renovador e conservador a um só tempo; fazer conviver o liberalismo e a escravidão; exaltar o índio e o branco colonizador; apresentar-se brasileiro com um certo ponto de vista europeu.

Neoclassicismo e pré-romantismo

O romantismo, contudo, não surgiu de repente, simplesmente trazido da Europa como modelo copiado. Houve um longo período anterior em que podemos encontrar alguns sintomas de uma renovação formal e temática que ainda não era romântica nem seguia completamente as "regras" da arte clássica. Os poetas do neoclassicismo ou arcadismo, escrevendo aqui ou em Portugal, salientavam certos elementos nacionais da natureza, do indígena e da sociedade. Ao mesmo tempo, desenvolveu-se entre eles uma consciência de que eram "escritores brasileiros", apesar de ainda sermos colônia de Portugal. Eles também já pensavam em promover sua terra no nível das nações civilizadas. No fim do período arcádico, podemos ver que há entre eles um verdadeiro senso de missão do escritor, que se mistura com o desejo de autonomia ou independência do país.

Mesmo nas *Obras* de Cláudio Manuel da Costa (1750), podemos ver que a "realidade tosca" do país aparece em oposição à paisagem harmônica e "convencional" da poesia árcade:

> Leia a posteridade, ó pátrio Rio,
> Em meus versos teu nome celebrado,
> Por que vejas uma hora despertado
> O sono vil do esquecimento frio:
>
> Não vês nas tuas margens o sombrio,
> Fresco assento de um álamo copado;
> Não vês Ninfa cantar, pastar o gado
> Na tarde clara do calmoso estio.

Ou:

> Destes penhascos fez a natureza
> O berço, em que nasci: oh quem cuidara,
> Que entre penhas tão duras se criara
> Uma alma terna, um peito sem dureza!

Nascido em Minas Gerais, na zona da mineração, Cláudio Manuel da Costa incorpora a paisagem da terra natal. Ele chega a escrever um poema longo, "Fábula do Ribeirão do Carmo, rio o mais rico desta Capitania, que corre, e dava o nome à Cidade Mariana, minha Pátria, quando era Vila".

Também frei José de Santa Rita Durão escreve o poema épico *Caramuru*, imitando *Os lusíadas*, de Camões, para valorizar o episódio do descobrimento do Brasil, movido por "amor à pátria". Nesse poema, com fortes elementos nativistas, ele louva a terra brasileira, o clima, a fertilidade, as riquezas naturais, e incorpora o indígena pelo relato de seus hábitos, costumes e instituições. O mesmo ocorre com Basílio da Gama, mineiro como os outros dois. Ele escreve *O Uraguai*, que "reestrutura o poema épico de maneira a violentar o seu esquema tradicional". O poeta incorpora a paisagem nacional, e o elemento indígena recebe um tratamento literário que o valoriza para além da preocupação documental até então dominante. Por fim, Tomás Antônio Gonzaga escreve as *Cartas chilenas*, satirizando a corrupção política e administrativa do colonizador português em Minas Gerais.

Pouco mais tarde, outros poetas já podem ser considerados "pré-românticos", especialmente em função das preferências temáticas e da aceitação de fontes e modelos fora das limitações clássicas. Esse período abrange os anos entre a chegada da família real portuguesa, em 1808, e a publicação dos *Suspiros poéticos e saudades*. Entre esses autores, estão José Elói Ottoni (*Provérbios de Salomão*, 1815), frei Francisco de São Carlos (*A assunção da Santíssima Virgem*, 1819), Sousa Caldas (*Salmos de Davi*; *Poesias sacras e profanas*, 1820-21) e José Bonifácio de Andrada e Silva, o patriarca da independência (Poesias avulsas de Américo Elísio, 1825). Também é possível incluir o frei Francisco do Monte Alverne, pregador de grande influência, cujas Obras oratórias só foram publicadas bem mais tarde, em 1853. O mesmo Gonçalves de Magalhães, iniciador do nosso romantismo, publicou em 1832 um volume de Poesias, uma obra na qual "convergiram e se evidenciaram os bons e os maus resultados" do nosso neoclassicismo.

Esses autores expressaram forte religiosidade (catolicismo), exaltaram a natureza do país, tornaram o índio um tema literário e defenderam, quase sempre implicitamente, uma ideologia "liberal" do monarquismo constitucionalista. Foram nativistas e comprometidos com certos aspectos do iluminismo, como a importância da educação. Realizaram pequenas inovações formais, de estilo e dicção. Com tudo isso, os árcades e pré-românticos como que produziram uma atmosfera intelectual e literária que favoreceu e facilitou a chegada do romantismo ao país. Tudo isso num momento em que os fundamentos do império agrário e patriarcal se consolidavam, com a independência fora de perigo — ambiente, enfim, propício ao florescer do romantismo entre nós.

Recém-formado em Medicina, o poeta Gonçalves de Magalhães viajou para a Europa e, ao retornar, introduziu ideias românticas nos círculos intelectuais e políticos brasileiros.

As gerações românticas

Como o romantismo durou quase meio século, foram muitos os autores que escreveram sob sua influência. Com base principalmente nas diferenças entre eles, podemos agrupá-los em gerações, isto é, grupos de autores com produções semelhantes e que tenham vivido mais ou menos no mesmo período.

Na primeira geração, predominou o patriotismo, com a "descoberta" de aspectos da paisagem local, nacional e tropical. Foram realçados o típico, o exótico e a beleza natural, exuberante, em oposição à paisagem e à natureza da Europa. Apareceu o indianismo, tanto na poesia lírica quanto nas tentativas de produzir uma poesia épica. O índio, tomado já como lenda e mito do passado colonial e pré-colonial, é encarado como elemento formador do povo brasileiro, como nas obras de Gonçalves Dias e Gonçalves de Magalhães. Também nessa geração, está presente uma forte religiosidade católica que identifica as possibilidades da poesia romântica com o sentimento cristão, em oposição ao "paganismo" da poesia neoclássica, ligada à tradição greco-latina.

Trata-se de uma poesia amorosa, idealizante e fortemente sentimental, marcada por certa influência da lírica portuguesa — a medieval, a camoniana e a dos românticos (Almeida Garrett, principalmente). Há renovação no uso do ritmo e da rima, na liberdade de versificação e na livre invenção da estrutura poemática, a fim de alcançar maior expressividade e adequação aos temas. Essa geração de poetas viveu um sentimento de missão e se identificou com o projeto de "construção" do novo país. Chegou a praticar um certo antilusitanismo, mas pendeu para o oficialismo e o conservadorismo, alinhando-se com a política "estabilizadora" do início do Segundo Reinado. Fixou traços passadistas e contribuiu para consolidar a ideologia oficial do Império agrário-escravocrata, embora repisando, como retórica apenas, o tema da liberdade e vários dos valores e crenças a que nos referimos anteriormente. Magalhães, Gonçalves Dias e Araújo Porto Alegre são as principais figuras dessa geração.

Permanece na segunda geração a maioria das características da anterior — exceto o indianismo, que passa a ser o grande tema do romance de Alencar, no final da década de 1850 e durante a década seguinte. Há um deslocamento de ênfase: o que era predominante passa a ser uma influência secundária, e os poetas assumem um extremo subjetivismo. Eles passam a imitar outros poetas europeus (especialmente o inglês lorde Byron e o francês Alfred Musset), centrando-se numa "temática emotiva de amor e morte, dúvida e ironia, entusiasmo e tédio"[2]. A evasão e o sonho caracterizam o egotismo dessa geração: o culto do eu, da subjetividade, tende para "o devaneio, o erotismo difuso ou obsessivo, a melancolia, o tédio, o namoro com a imagem da morte, a depressão, a autoironia masoquista"[3].

O byronismo aparece na figura do homem fatal, de faces pálidas e macilentas, olhar sem piedade, marcado pela melancolia incurável, pelo desespero e pela revolta. Ao mesmo tempo, está presente a imagem do poeta genial mas desgraçado, perseguido pela sociedade, condenado à solidão, incompreendido por todos, desafiando o horror do próprio destino. O "mal do século", uma doença indefinível, entedia e faz desejar a morte como única via de libertação. Essa é a imagem de uma contradição insolúvel entre o excesso de energia interior, do eu, a procura do absoluto, e as condições reais dos homens e da sociedade. O mal do século expressa, para essa geração, o choque entre os desejos excessivos e a impossibilidade de realizá-los. Daí vêm o tédio, a agonia e o sentimento de morte que devastam a alma romântica.

Acrescente-se a esses aspectos o satanismo — culto de Satã, o anjo que se rebelou contra Deus. Trata-se, na verdade, de um culto da rebeldia, do espírito independente, capaz de todos os gestos heroicos e de todas as maldades. Não poucas vezes o poeta romântico se identifica com Satã, imagem de sua própria condição de poeta insatisfeito. Um bom exemplo disso é o poema "A orgia dos duendes", de Bernardo Guimarães, na p. 121. Aparecem também, na segunda geração, algumas ideias mais acen-

Lorde Byron, em gravura de Edwin Roffe sobre desenho de George Henry Harlow. A segunda geração romântica inspirou-se na obra desse escritor inglês para compor poemas sobre sonhos, melancolia e morte.

---

2 Bosi, Alfredo. *História concisa da literatura brasileira*. São Paulo: Cultrix, 1970.
3 Idem, ibidem.

tuadamente liberais, e aprofunda-se a pesquisa lírica com a linguagem literária e com a estrutura dos poemas. São dessa geração os escritores Casimiro de Abreu, Laurindo Rabelo, Álvares de Azevedo, Junqueira Freire, Fagundes Varela e Bernardo Guimarães.

Já os poetas da terceira geração — especialmente Castro Alves e Sousândrade — guardam enormes diferenças entre si. Por isso, essa é a geração mais heterogênea do romantismo no Brasil.

Castro Alves, escrevendo em fins da década de 1860, expressa a "crise do Brasil puramente rural" e "o lento mas firme crescimento da cultura urbana, dos ideais democráticos e, portanto, o despontar de uma repulsa pela moral do senhor-servo que poluía as fontes da vida familiar e social no Brasil Império"[4]. Por isso, os ideais abolicionistas e o culto do progresso são o fundo ideológico de sua poesia, que se faz eloquente, grandiloquente, oratória, com muitas imagens e metáforas de grandeza e titanismo. Marcada de forte indignação, a poesia de Castro Alves faz-se liberal e denuncia a escravidão. Também renova o tema amoroso, liberando-o das noções de pecado e culpa, cultivando um erotismo sensual. Abre, portanto, "baterias poéticas" contra o conservadorismo, o atraso moral do Império e as injustiças da ordem social. Ao tomar imagens à natureza, "sugere a impressão de imensidade, de infinitude: os espaços, os astros, o oceano, o 'vasto sertão', o 'vasto universo', os tufões, as procelas, os alcantis, os Andes, o Himalaia, a águia, o condor"[5]. Influenciado por Victor Hugo — embora confessasse também influências de Fagundes Varela e Gonçalves Dias —, Castro Alves (e, em parte, Tobias Barreto) é o poeta condoreiro, "o poeta dos escravos".

Já Sousândrade, que começa como poeta próximo da segunda geração, torna-se uma voz destoante do nosso romantismo. Sua obra, que permaneceu esquecida durante meio século, entra na terceira geração apenas pelo critério cronológico. Embora marcada também pelo abolicionismo

---
4   Idem, ibidem.
5   Idem, ibidem.

Publicada na *Revista Ilustrada*, de cunho republicano e abolicionista, a charge de Angelo Agostini retrata a disputa da oligarquia escravocrata com os intelectuais e políticos que defendiam a libertação dos negros.

e pelo republicanismo, sua poesia realiza-se de maneira distinta, porque possui grandes novidades temáticas e formais. Seu processo de composição poética volta-se para inesperados arranjos sonoros, pelo uso de diversas línguas de maneira integrada. Seus ousados "conjuntos verbais" quebram mesmo a estrutura sintática da língua portuguesa. Por ter vivido anos nos Estados Unidos, Sousândrade foi capaz de captar os novos modos de vida do capitalismo industrial e urbano (o "Inferno de Wall Street", do poema O *guesa*), fundindo-os com certas tradições míticas e culturais dos índios, especialmente os da América espanhola (os quíchuas). "Símbolo do selvagem que o branco mutilou, o canto do novo herói inverte o signo do indianismo conciliante de Magalhães e Gonçalves Dias, cantores, ao mesmo tempo, do nativo e do colonizador europeu."[6]

A profunda distância entre os poetas da terceira geração, e entre estes e os anteriores, demonstra um início de fim do romantismo e a diluição de sua estética e ideologia.

---

6 Idem, ibidem.

POESIA BRASILEIRA – ROMANTISMO 19

Estética e linguagem

O movimento romântico sofreu a influência de uma nova sensibilidade, da consciência dos novos tempos, com novos temas e novas exigências de expressão. Com isso, operou uma ampla e profunda renovação formal das artes. Embora retomasse diversos elementos da tradição medieval, maneirista e barroca, soube retrabalhá-los no impulso geral de renovação, imprimindo marca própria ao que reaproveitou.

A liberdade de expressão era uma exigência decisiva para dar conta da nova matéria artística. Por isso, o romantismo questionou, desmoralizou e, finalmente, destruiu o velho princípio clássico de imitar os modelos antigos. Para os românticos, a expressão artística única, irrepetível, correspondia à expressão das inumeráveis emoções individuais como únicas e irrepetíveis, iluminação súbita e inspirada. Daí surgiu uma poética da "invenção" e da "novidade" como busca permanente da expressão de cada indivíduo, de cada momento, de cada sentimento, de cada paixão, como algo único e irrepetível. Essa necessidade se impõe à estrutura do poema, ao ritmo, à rima, à dicção, à métrica, à alternância de versos longos e curtos, às metáforas ousadas, às hipérboles, ao aproveitamento da linguagem poética em todas as suas potencialidades musicais e expressivas. Por isso, uma observação ligeira mostra-nos diferenças notáveis entre os poetas românticos — em contraste com os neoclássicos, por exemplo, que se assemelham por seguir com certo rigor os modelos tradicionais. Diz Gonçalves de Magalhães, no prefácio aos *Suspiros poéticos e saudades*:

> Quanto à forma, isto é, a construção, por assim dizer, material das estrofes, e de cada cântico em particular, nenhuma ordem seguimos; exprimindo as ideias como elas se apresentaram, para não destruir o acento da inspiração; além de que, a igualdade dos versos, a regularidade das rimas, e a simetria das estâncias produz uma tal monotonia, e dá certa feição de concertado artifício que jamais podem agradar. Ora, não se compõe uma orquestra só com

sons doces e flautados; cada paixão requer sua linguagem própria, seus sons imitativos, e períodos explicativos.

Essa é a relação que o artista romântico mantém com a linguagem, com a palavra. Ao equilíbrio neoclássico ele contrapõe o desequilíbrio inovador e experimental, de modo que a linguagem passa a ser um simples intermediário entre as emoções do poeta e seu leitor. Estas é que importam. A linguagem é vista como incapaz de expressar plenamente os sentimentos. Diante da nova carga de sensibilidade e intuição, é necessário que as regras do código (isto é, a gramática da língua) sejam questionadas, que as categorias da razão sejam descartadas, que sobressaia a palavra carregada de sentimentos do coração do poeta para o coração do leitor. Isso faz o poeta romântico privilegiar o emissor (o eu, a função emotiva da linguagem, isto é, aquele que fala), comportando-se diante da palavra com a desconfiança que, por assim dizer, ele inaugura na literatura ocidental moderna. Ao mesmo tempo, o romântico torna-se irônico, diz algo para fazer significar outra coisa, porque sabe do caráter contraditório da realidade, que para ele tem uma essência diferente da aparência. Ele busca superar as contradições projetando o eu na procura do absoluto e do ilimitado — da essência, enfim. A ironia decorre da desconfiança para com a linguagem e para com a obra de arte como algo capaz de expressar o absoluto e a essência. A arte diz menos do que o artista sente, e expressa um mundo menos complexo do que aquele que ele percebe.

Na poesia romântica brasileira, a ironia não é muito comum mas aparece forte, especialmente em Sousândrade e Álvares de Azevedo. Este, que escreveu também poemas humorísticos (ver "Namoro a cavalo", p. 103), produziu "Ideias íntimas", um poema irônico por excelência. Mais que irônico, paródico e gozador do próprio Álvares nos momentos em que escrevia a sério, é o poema "*Spleen* e charutos" (p. 99):

> Teu romantismo bebo, ó minha lua,
> A teus raios divinos me abandono,

Torno-me vaporoso, e só de ver-te
Eu sinto os lábios meus se abrir de sono.

Ou esta estrofe galhofeira:

Vale todo um harém a minha bela,
Em fazer-me ditoso ela capricha;
Vivo ao sol de seus olhos namorados,
Como ao sol de verão a lagartixa.

Importância do romantismo no Brasil

O romantismo coincide com o período de afirmação do país independente e, por isso, tem para a literatura brasileira excepcional significação. É o início da diferenciação da nossa literatura em relação à portuguesa, mediante a distinção temática e de linguagem. O romantismo quebrou a estreita dependência linguística que nos prendia à tradição literária portuguesa, ao incorporar peculiarida-

A liberdade guiando o povo (1830), do pintor romântico francês Eugène Delacroix, simboliza a Revolução Francesa. O romantismo contribuiu para disseminar, em solo brasileiro, os ideais burgueses da Europa ocidental.

des vocabulares e sintáticas e procurar um ponto de vista nacional brasileiro. Ao mesmo tempo, o romantismo no Brasil foi afetado pelas contradições inerentes ao nosso país e pelas profundas diferenças entre o Império brasileiro e a Europa burguesa. Impregnou-se de contradições que bem expressam a adaptação de uma corrente cultural e artística nascida no exterior às condições do Brasil, país atrasado, dependente e preso à órbita da Europa.

Nesse sentido, o romantismo tem um papel muito complexo: atualizar nosso país a certos padrões sociais e culturais europeus. Isso contribuiu para disseminar, aqui, valores burgueses da Europa ocidental, favorecendo a circulação social desses valores. Por outro lado, como manifestação artística e ideológica, o romantismo em si não pôde mudar nossa realidade material e cultural. Por isso, instalou-se como forte contradição em vários planos, obrigando-se a falar em liberdade e igualdade num país escravocrata, sem assumir (a não ser com a terceira geração) a luta pela abolição. Ainda assim, o romantismo adquiriu aqui a vitalidade dos movimentos profundos e inovadores, fundando uma literatura nacional, com as características do país, descobrindo-o e exaltando-o. Se muitas vezes trabalhou temas e aspectos europeus que pouco ou nada tinham a ver com a sociedade brasileira, no conjunto imprimiu à nossa literatura a marca da nacionalidade e da peculiaridade local.

É o romantismo o responsável por uma "organização da inteligência brasileira". Ele deu certa organicidade à produção cultural, criando um público leitor (ainda que pequeno) desejoso de ler o escritor brasileiro. Este passou a falar da nossa sociedade — do presente, do passado colonial e do passado lendário; do litoral e do sertão; das cidades e dos campos. O romantismo desenvolveu, assim, uma linguagem própria na poesia, na prosa, no teatro, na crítica literária e na historiografia, literária ou não. Enfim, a contribuição do romantismo é marcante o suficiente para produzir um *corpus* literário e artístico impossível de ser ignorado se quisermos conhecer a formação do país.

Isso apesar dos muitos defeitos de que podemos acusá-lo. Não podemos desprezar a imitação formal e a adoção de um ponto de vista europeu, além do descuido da linguagem artística, que tanto compromete o nível estético do conjunto do movimento. Assim, a liberdade ideológica e artística funcionou como arma de dois gumes: facilitou a renovação e a atualização, mas permitiu que todo o complexo cultural e artístico funcionasse com "facilidades adaptatórias" e pequeno rigor. Isto, evidentemente, não dependeu de um plano ou projeto consciente, pois decorreu das próprias condições materiais de produção cultural no nosso país. Ao fim e ao cabo, pode-se considerar pertinente e correta a avaliação de dois conceituados críticos e historiadores de nossa literatura:

> Com o subjetivismo romântico, as suas cogitações morais, a sua religiosidade, ou com a interpretação do ser individual, cultivamos a visão total da nacionalidade, da nossa paisagem física e social, da nossa sensibilidade, valores e tradições, das lutas sociais e políticas do momento. E assim, ao mesmo tempo que se faz acentuadamente nacional, pelos temas e pelo estilo, o romantismo no Brasil, progressivamente, também se preocupa com o sentido da sua universalidade[7].

---

7   CANDIDO, Antonio & CASTELLO, J. Aderaldo. *Presença da literatura brasileira*: das origens ao romantismo. São Paulo: Difel, 1973. vol. 1.

Poesia brasileira
Romantismo

GONÇALVES DE MAGALHÃES

Domingos José Gonçalves de Magalhães nasceu no Rio de Janeiro, em 1811. Formado em medicina, seguiu para a Europa, onde teve contato com a poesia romântica. Em Paris, em 1836, publicou *Suspiros poéticos e saudades*, considerada a obra inaugural do romantismo no Brasil, e também a revista *Niterói*, que preconizava uma reforma nacionalista e romântica de nossa literatura. Na volta ao Brasil, dedicou-se ao teatro, sempre procurando criar e consolidar uma literatura nacional. Com isso, ganhou favores do imperador Pedro II, encarreirando-se no magistério, na política e na diplomacia, ao mesmo tempo que se tornava uma espécie de intelectual oficial da Corte. Foi governador e deputado da província do Rio Grande do Sul, e nobilitado com os títulos de barão e visconde do Araguaia. Morreu em 1882 em Roma, onde cumpria uma das diversas missões no exterior a que era nomeado.

Saudação à Pátria à vista do Rio de Janeiro no meu regresso da Europa — Em 14 de maio de 1837

1 Eis o pétreo gigante majestoso,
   Sobre as cerúleas ondas ressupino,
   Guardando a entrada do meu pátrio Rio!
   Ei-lo c'o pé assinalando a barra
   Do golfo ingente, que do mundo as naves
   Todas pode conter no âmbito imenso,
         Sem par na Natureza!...
   Ei-lo!... do sol nascente os primos raios
   Já lhe douram a nobre, altiva fronte;
10 E ele como que acorda do seu sono,
   O cobertor de névoa sacudindo!

   Terras da minha pátria, eu vos saúdo,
         Depois de longa ausência!
   Eu te saúdo, oh sol da minha infância!
   Inda brilhar te vejo nestes climas,
         Da Providência esmero,
   Onde se apraz a amiga liberdade
   Tão grata aos corações americanos!
         Minha terra saudosa,
20 Terra de minha mãe, como és tão bela.
   Se em ti não venho achar da Europa o fausto,
   Pelo suor dos séculos regado,
   Também não acharei suas misérias,
         Maiores que o seu brilho.
   Verdes montanhas que cercais meu berço,
   Como sublimes sois, como sois grande!

   Por vós são estas lágrimas de júbilo
   Que em êxtase minha alma aos olhos manda,
         Ao respirar teus ares!
30 Por vós agora o coração palpita

---

2   **cerúlea**: azul como o céu num dia claro; **ressupino**: deitado de costas. (N.E.)
5   **ingente**: muito grande, imponente; **nave**: embarcação, nau. (N.E.)
21 **fausto**: luxo, ostentação; ventura. (N.E.)

        Com desusado impulso
Do inefável prazer em que me inundo.
Ah nunca, nunca apaixonado amante
Com mais transporte viu por entre a selva
Brilhar o rosto do querido objeto,
Que ele em seus braços apertar deseja.
Aqui meu corpo está, ali minha alma!
            Ah se eu asas tivesse,
Nem mais um'hora no baixel ficara!
            Deixando os mares
            Precipitado,
            Rompendo os ares
            Qual veloz águia
            A ti voara,
            Oh pátria cara!
            E apavonado,
            Todo garboso
            Soltando iria
            Nova harmonia,
            Que o céu formoso
            Grato escutara.
            Mas nesse adejo,
            Onde o desejo
            Me transportara?
            Onde?... Eu não sinto
            Presságio triste.
            Meu pai existe,
            E a mãe querida
            Também respira;
            E o mesmo instinto
            Me conduzira
        Ao tugúrio de meus pais,
        A quem envio meus ais.

(Poesias várias, vol. II)

---

39   **baixel**: navio de grande porte. (N.E.)
52   **adejo**: agito de asas para se manter no ar. (N.E.)
62   **tugúrio**: choupana, casebre; abrigo, refúgio. (N.E.)

Noite tempestuosa

1 Que tempo horrível;
Que noite escura;
Nem uma estrela
No céu fulgura!
Negros vapores
Vão se estendendo,
E o espaço enchendo;
Na serra ao longe
Ronca o trovão.

10 Fuzis cintilam;
E o vento irado
Nas trevas zune
Desenfreado.
Espessas nuvens,
Que no ar negrejam,
Rotas gotejam
Pertinaz chuva,
Que alaga o chão.

Noite mais negra
20 Minha alma enluta;
Maior tormenta
Cá dentro luta.
O quadro horrendo
Da Natureza
Mal a fereza
Exprimir pode
Do meu sofrer.

Eu neste leito,
À dor exposto,
30 Somente choro
Por ver teu rosto.

---
10 **fuzil:** neste caso, tem o sentido de relâmpago. (N.E.)
25 **fereza:** ferocidade, crueldade. (N.E.)

Tudo mereces,
Oh minha bela;
Tu és a estrela
Que só procuro
Constante ver.

Chovesse embora,
Não me importara;
A chuva, o vento,
Tudo afrontara.
Nem fora muito,
Se a dor cruenta,
Que me atormenta,
Não fosse assídua
Em seu rigor.

Mas ah! não posso,
Não posso erguer-me!
Manda suspiro
Que venha ver-me.
Por ti mandado
Esse suspiro
Ao meu retiro
Daria alívio
À minha dor.

Aqui sozinho,
Para animar-me
Contigo todo
Quero ocupar-me.
A tua imagem
Ante mim vaga
Ela me afaga;
E co'um sorriso
Me faz sorrir.

Teu doce nome
Pronunciando,

Meu sofrimento
Vou acalmando.
O que mais sinto
É a inclemência
Da dura ausência,
Que sem remédio
Devo sentir.

(Urânia)

GONÇALVES DIAS

Em 1823, nas proximidades da vila de Caxias, no Maranhão, nasceu Antônio Gonçalves Dias, filho de comerciante português e concubina mestiça. Aos 25 anos, com a morte do pai, seguiu para Coimbra, Portugal, onde estudou direito e iniciou suas atividades literárias. Lá publicou alguns poemas, entre os quais a famosa "Canção do exílio". Formado, retornou ao Brasil e aproximou-se do grupo de Gonçalves de Magalhães. Dedicou-se ao magistério e ao jornalismo, além de à literatura. Em 1846, publicou *Primeiros cantos*, que lhe trouxe renome de poeta, confirmado por suas obras posteriores. Participou de diversas missões governamentais no Brasil e no exterior. Em 1864, regressando doente da Europa, morreu no naufrágio do navio Ville de Boulogne, próximo à costa do Maranhão.

A minha musa

> Gratia, Musa, tibi; nam tu solatia praebes.
> OVÍDIO*

1 Minha Musa não é como ninfa
Que se eleva das águas — gentil —
Co'um sorriso nos lábios mimosos,
Com requebros, com ar senhoril.

Nem lhe pousa nas faces redondas
Dos fagueiros anelos a cor;
Nesta terra não tem uma esperança,
Nesta terra não tem um amor.

Como fada de meigos encantos,
10 Não habita um palácio encantado,
Quer em meio de matas sombrias,
Quer à beira do mar levantado.

Não tem ela uma senda florida,
De perfumes, de flores bem cheia,
Onde vague com passos incertos,
Quando o céu de luzeiros se arreia.

Não é como a de Horácio a minha Musa;
Nos soberbos alpendres dos Senhores
    Não é que ela reside;
20 Ao banquete do grande em lauta mesa,

---

* **Gratia, Musa, tibi; nam tu solatia praebes**: do latim, "Minha gratidão, a ti, ó Musa; pois me ofereces consolo". Esta epígrafe é um verso do conjunto de poemas *Tristium* (*Dos tristes*), do poeta romano Ovídio (43 a.C.-17 d.C.). (N.E.)

1 **Musa**: na mitologia grega, cada uma das divindades que governam as artes e o pensamento em geral; tudo que possa inspirar um poeta, ou a própria inspiração; **ninfa**: divindade mitológica identificada com elementos da natureza, como rios, montes, etc. (N.E.)

4 **requebro**: expressão amorosa dos olhos, da voz e do corpo. (N.E.)

6 **fagueiro**: sereno, agradável; **anelo**: desejo intenso, aspiração. (N.E.)

16 **arrear-se**: enfeitar-se. (N.E.)

17 **Horácio**: Quinto Horácio Flaco (65 a.C.-8 d.C.), poeta lírico e satírico da Roma antiga. (N.E.)

20 **lauta**: abundante, magnífica. (N.E.)

Onde gira o falerno em taças d'oiro,
    Não é que ela preside.

Ela ama a solidão, ama o silêncio,
Ama o prado florido, a selva umbrosa
    E da rola o carpir.
Ela ama a viração da tarde amena,
O sussurro das águas, os acentos
    De profundo sentir.

D'Anacreonte o gênio prazenteiro,
Que de flores cingia a fronte calva
    Em brilhante festim,
Tomando inspirações à doce amada,
Que leda lh'enflorava a ebúrnea lira;
    De que me serve, a mim?

Canções que a turba nutre, inspira, exalta
Nas cordas magoadas me não pousam
    Da lira de marfim.
Correm meus dias, lacrimosos, tristes,
Como a noite que estende as negras asas
    Por céu negro e sem fim.

É triste a minha Musa, como é triste
O sincero verter d'amargo pranto
    D'órfã singela;
É triste como o som que a brisa espalha,
Que cicia nas folhas do arvoredo
    Por noite bela.

É triste como o som que o sino ao longe
Vai perder na extensão d'ameno prado

---

21   **falerno:** relativo à região de Falerno, na Itália, famosa por seus vinhos. (N.E.)
26   **viração:** brisa que sopra do mar para a terra. (N.E.)
29   **Anacreonte:** poeta lírico grego (c. 582 a.C.-c. 485 a.C.) que celebrava em seus poemas os banquetes, o vinho e o amor; **gênio:** temperamento; **prazenteiro:** simpático, alegre. (N.E.)
33   **leda:** alegre, risonha; **ebúrnea:** feita de marfim, ou que se parece com esse material. (N.E.)
45   **ciciar:** murmurar, produzir som fraco e contínuo. (N.E.)

           Da tarde no cair,
50 Quando nasce o silêncio envolto em trevas,
   Quando os astros derramam sobre a terra
           Merencório luzir.

   Ela então, sem destino, erra por vales,
   Erra por altos montes, onde a enxada
           Fundo e fundo cavou;
   E para; perto, jovial pastora
   Cantando passa — e ela cisma ainda
           Depois que esta passou.

   Além — da choça humilde s'ergue o fumo
60 Que em risonha espiral se eleva às nuvens
           Da noite entre os vapores;
   Muge solto o rebanho; e lento o passo,
   Cantando em voz sonora, porém baixa,
           Vêm andando os pastores.

   Outras vezes também, no cemitério,
   Incerta volve o passo, soletrando
           Recordações da vida;
   Roça o negro cipreste, calca o musgo,
   Que o tempo fez brotar por entre as fendas
70   Da pedra carcomida.

   Então corre o meu pranto muito e muito
   Sobre as úmidas cordas da minha Harpa,
           Que não ressoam;
   Não choro os mortos, não; choro os meus dias,
   Tão sentidos, tão longos, tão amargos,
           Que em vão se escoam.

   Nesse pobre cemitério
           Quem já me dera um lugar!

---

57   **cismar:** distrair-se com os próprios pensamentos. (N.E.)
59   **choça:** cabana ou casebre rústico. (N.E.)

Esta vida mal vivida
    Quem já ma dera acabar!

Tenho inveja ao pegureiro,
    Da pastora invejo a vida,
Invejo o sono dos mortos
    Sob a laje carcomida.

Se qual pegão tormentoso,
    O sopro da desventura
Vai bater potente à porta
    De sumida sepultura;

Uma voz não lhe responde,
    Não lhe responde um gemido,
Não lhe responde uma prece,
    Um ai — do peito sentido.

Já não têm voz com que falem,
    Já não têm que padecer;
No passar da vida à morte
    Foi seu extremo sofrer.

Que lh'importa a desventura?
    Ela passou, qual gemido
Da brisa em meio da mata
    De verde alecrim florido.

Quem me dera ser como eles!
Quem me dera descansar!
Nesse pobre cemitério
Quem me dera o meu lugar,
E co'os sons das Harpas d'anjos
Da minha Harpa os sons casar!

(Primeiros cantos)

---

81   **pegureiro:** guardador de gado, pastor. (N.E.)
85   **pegão:** grande pé de vento; redemoinho. (N.E.)

Canção do exílio

> Kennst du das Land, wo die Citronen blühn,
> Im dunkeln Laub die Gold-Orangen glühn,
> Kennst du es wohl? — Dahin, dahin!
> Möcht ich... ziehn.
>   GOETHE*

1   Minha terra tem palmeiras,
    Onde canta o Sabiá;
    As aves, que aqui gorjeiam,
    Não gorjeiam como lá.

    Nosso céu tem mais estrelas,
    Nossas várzeas têm mais flores,
    Nossos bosques têm mais vida,
    Nossa vida mais amores.

    Em cismar, sozinho, à noite,
10 Mais prazer encontro eu lá;
    Minha terra tem palmeiras,
    Onde canta o Sabiá.

    Minha terra tem primores,
    Que tais não encontro eu cá;
    Em cismar — sozinho, à noite —
    Mais prazer encontro eu lá;
    Minha terra tem palmeiras,
    Onde canta o Sabiá.

    Não permita Deus que eu morra,
20 Sem que eu volte para lá;

---

*   **Kennst [...]**: do alemão, "Conheces a região onde florescem os limoeiros? / Laranjas de ouro ardem no verde-escuro da folhagem; [...] Conheces bem? Nesse lugar / Eu desejara estar". Epígrafe extraída da balada "Mignon", do escritor e pensador Johann Wolfgang von Goethe (1749-1832), expoente do romantismo alemão. (N.E.)

8   **Nossos bosques têm mais vida / Nossa vida mais amores**: estes versos de Gonçalves Dias foram, posteriormente, usados por Joaquim Osório Duque Estrada (1870-1927) para compor a letra do Hino Nacional Brasileiro. (N.E.)

Sem que desfrute os primores
Que não encontro por cá;
Sem qu'inda aviste as palmeiras,
Onde canta o Sabiá.

Coimbra — julho 1843
(Primeiros cantos)

Se se morre de amor!

> Meere und Berge und Horizonte zwischen den Liebenden
> — aber die Seelen versetzen sich aus dem staubigen
> Kerker und treffen sich im Paradiese der Liebe.
> SCHILLER, Die Räuber*

1   Se se morre de amor! — Não, não se morre,
    Quando é fascinação que nos surprende
    De ruidoso sarau entre os festejos;
    Quando luzes, calor, orquestra e flores
    Assomos de prazer nos raiam n'alma,
    Que embelezada e solta em tal ambiente
    No que ouve, e no que vê prazer alcança!

    Simpáticas feições, cintura breve,
    Graciosa postura, porte airoso,
10 Uma fita, uma flor entre os cabelos,
    Um quê mal definido, acaso podem
    Num engano d'amor arrebatar-nos
    Mas isso amor não é; isso é delírio,
    Devaneio, ilusão, que se esvaece
    Ao som final da orquestra, ao derradeiro
    Clarão, que as luzes no morrer despedem:
    Se outro nome lhe dão, se amor o chamam,
    D'amor igual ninguém sucumbe à perda.

    Amor é vida; é ter constantemente
20 Alma, sentidos, coração — abertos,
    Ao grande, ao belo; é ser capaz d'extremos,
    D'altas virtudes, té capaz de crimes!
    Compr'ender o infinito, a imensidade,
    E a natureza e Deus; gostar dos campos,
    D'aves, flores, murmúrios solitários;

---

*   **Meere [...]**: do alemão, "Mares e montanhas e horizontes separam os amantes – mas as almas escapam às masmorras poentas e vão se encontrar no paraíso do amor". Epígrafe retirada da peça *Os bandidos*, do dramaturgo, poeta e filósofo alemão Friedrich Schiller (1759-1805). (N.E.)

Buscar tristeza, a soledade, o ermo,
E ter o coração em riso e festa;
E à branda festa, ao riso da nossa alma
Fontes de pranto intercalar sem custo;
Conhecer o prazer e a desventura
No mesmo tempo, e ser no mesmo ponto
O ditoso, o misérrimo dos entes:
Isso é amor, e desse amor se morre!

Amar, e não saber, não ter coragem
Para dizer que amor que em nós sentimos;
Temer qu'olhos profanos nos devassem
O templo, onde a melhor porção da vida
Se concentra; onde avaros recatamos
Essa fonte de amor, esses tesouros
Inesgotáveis, d'ilusões floridas;
Sentir, sem que se veja, a quem se adora
Compr'ender, sem lhe ouvir, seus pensamentos,
Segui-la, sem poder fitar seus olhos,
Amá-la, sem ousar dizer que amamos,
E, temendo roçar os seus vestidos,
Arder por afogá-la em mil abraços:
Isso é amor, e desse amor se morre!

Se tal paixão porém enfim transborda,
Se tem na terra o galardão devido
Em recíproco afeto; e unidas, uma,
Dois seres, duas vidas se procuram,
Entendem-se, confundem-se e penetram
Juntas — em puro céu d'êxtasis puros:
Se logo a mão do fado as torna estranhas,
Se os duplica e separa, quando unidos
A mesma vida circulava em ambos;
Que será do que fica, e do que longe

---

26   **soledade:** solidão, tristeza; **ermo:** lugar deserto, desabitado. (N.E.)
32   **ditoso:** feliz, venturoso. (N.E.)
49   **galardão:** prêmio, glória. (N.E.)
54   **fado:** destino. (N.E.)

Serve às borrascas de ludíbrio e escárnio?
Pode o raio num píncaro caindo,
60 Torná-lo dois, e o mar correr entre ambos;
Pode rachar o tronco levantado
E dois cimos depois verem-se erguidos,
Sinais mostrando da aliança antiga;
Dois corações porém, que juntos batem,
Que juntos vivem, — se os separam, morrem;
Ou se entre o próprio estrago inda vegetam,
Se aparência de vida, em mal, conservam,
Ânsias cruas resumem do proscrito,
Que busca achar no berço a sepultura!

70 Esse, que sobrevive à própria ruína,
Ao seu viver do coração, — às gratas
Ilusões, quando em leito solitário,
Entre as sombras da noite, em larga insônia,
Devaneando, a futurar venturas,
Mostra-se e brinca a apetecida imagem;
Esse, que à dor tamanha não sucumbe,
Inveja a quem na sepultura encontra
Dos males seus o desejado termo!

(*Segundos cantos*)

---

58   **borrasca:** tempestade forte; **ludíbrio:** ato de enganar (ou zombar de) alguém. (N.E.)
59   **píncaro:** ponto mais elevado de um monte. (N.E.)
68   **proscrito:** indivíduo banido ou exilado de sua terra natal. (N.E.)

A tempestade

> Quem porfiar contigo... ousara*
> Da glória o poderio;
> Tu que fazes gemer pendido o cedro,
> Turbar-se o claro rio?
> A. Herculano

1
Um raio
Fulgura
No espaço
Esparso,
De luz;
E trêmulo
E puro
Se aviva,
S'esquiva,
10 Rutila,
Seduz!

Vem a aurora
Pressurosa,
Cor-de-rosa,
Que se cora
De carmim;
A seus raios
As estrelas,
Que eram belas,
20 Têm desmaios,
Já por fim.

O sol desponta
Lá no horizonte,
Doirando a fonte,

---

* **porfiar:** discutir intensamente, disputar; a epígrafe é de Alexandre Herculano (1810-1877), um dos principais escritores do romantismo em Portugal. (N.E.)
10 **rutilar:** brilhar intensamente. (N.E.)
13 **pressurosa:** apressada, ansiosa. (N.E.)

E o prado e o monte
E o céu e o mar;
E um manto belo
De vivas cores
Adorna as flores,
Que entre verdores
Se vê brilhar.

Um ponto aparece,
Que o dia entristece,
O céu, onde cresce,
De negro a tingir;
Oh! vede a procela
Infrene, mas bela,
No ar s'encapela
Já pronta a rugir!

Não solta a voz canora
No bosque o vate alado,
Que um canto d'inspirado
Tem sempre a cada aurora;
É mudo quanto habita
Da terra n'amplidão.
A coma então luzente
Se agita do arvoredo,
E o vate um canto a medo
Desfere lentamente,
Sentindo opresso o peito
De tanta inspiração.

Fogem do vento que ruge
As nuvens aurinevadas,

---
36 **procela:** forte tempestade no mar. (N.E.)
37 **infrene:** desenfreado, descomedido. (N.E.)
38 **encapelar-se:** agitar-se. (N.E.)
40 **canora:** harmoniosa, melodiosa. (N.E.)
41 **vate:** poeta. (N.E.)
46 **coma:** copa de árvore(s) frondosa(s). (N.E.)
53 **aurinevada:** dourada e branca. (N.E.)

Como ovelhas assustadas
Dum fero lobo cerval;
Estilham-se como as velas
Que no alto-mar apanha,
Ardendo na usada sanha,
Subitâneo vendaval.

60 Bem como serpentes que o frio
Em nós emaranha, — salgadas
As ondas s'estanham, pesadas
Batendo no frouxo areal.
Disseras que viras vagando
Nas furnas do céu entreabertas
Que mudas fuzilam, — incertas
Fantasmas do gênio do mal!

E no túrgido ocaso se avista
Entre a cinza que o céu apolvilha,
70 Um clarão momentâneo que brilha,
Sem das nuvens o seio rasgar;
Logo um raio cintila e mais outro,
Ainda outro veloz, fascinante,
Qual centelha que em rápido instante
Se converte d'incêndios em mar.

Um som longínquo cavernoso e oco
Rouqueja, e n'amplidão do espaço morre;
Eis outro inda mais perto, inda mais rouco,
Que alpestres cimos mais veloz percorre,
80 Troveja, estoura, atroa; e dentro em pouco
Do Norte ao Sul, — dum ponto a outro corre:

---

55 **cerval:** bravo, agressivo; curiosamente, lobo-cerval é o nome dado a uma espécie de lince que vive na Península Ibérica e, hoje, encontra-se ameaçada de extinção. (N.E.)
56 **estilhar-se:** despedaçar-se. (N.E.)
58 **sanha:** fúria, ira. (N.E.)
62 **estanhar-se:** zangar-se. (N.E.)
65 **furna:** caverna, gruta. (N.E.)
74 **centelha:** fagulha, faísca. (N.E.)
79 **alpestre:** dos Alpes ou, por extensão, de montanhas grandiosas. (N.E.)

Devorador incêndio alastra os ares,
Enquanto a noite pesa sobre os mares.

Nos últimos cimos dos montes erguidos
Já silva, já ruge do vento o pegão;
Estorcem-se os leques dos verdes palmares,
Volteiam, rebramam, doudejam nos ares,
Até que lascados baqueiam no chão.

Remexe-se a copa dos troncos altivos,
Transtorna-se, tolda, baqueia também;
E o vento, que as rochas abala no cerro,
Os troncos enlaça nas asas de ferro,
E atira-os raivoso dos montes além.

Da nuvem densa, que no espaço ondeia,
Rasga-se o negro bojo carregado,
E enquanto a luz do raio o sol roxeia,
Onde parece à terra estar colado,
Da chuva, que os sentidos nos enleia,
O forte peso em turbilhão mudado,
Das ruínas completa o grande estrago,
Parecendo mudar a terra em lago.

Inda ronca o trovão retumbante,
Inda o raio fuzila no espaço,
E o corisco num rápido instante
Brilha, fulge, rutila, e fugiu.
Mas se à terra desceu, mirra o tronco,
Cega o triste que iroso ameaça,
E o penedo, que as nuvens devassa,
Como tronco sem viço partiu.

Deixando a palhoça singela,
Humilde labor da pobreza,
Da nossa vaidosa grandeza,

---

108   **penedo:** rochedo, grande pedra. (N.E.)

Nivela os fastígios sem dó;
E os templos e as grimpas soberbas,
Palácio ou mesquita preclara,
Que a foice do tempo poupara,
Em breves momentos é pó.

Cresce a chuva, os rios crescem,
Pobres regatos s'empolam,
E nas turvas ondas rolam
Grossos troncos a boiar!
O córrego, qu'inda há pouco
No torrado leito ardia,
É já torrente bravia,
Que da praia arreda o mar.

Mas ai do desditoso,
Que viu crescer a enchente
E desce descuidoso
Ao vale, quando sente
Crescer dum lado e d'outro
O mar da aluvião!
Os troncos arrancados
Sem rumo vão boiantes;
E os tetos arrasados,
Inteiros, flutuantes,
Dão antes crua morte,
Que asilo e proteção!

Porém no ocidente
S'ergueu de repente
O arco luzente,
De Deus o farol;
Sucedem-se as cores,

---
113 **fastígio:** cume, pico. (N.E.)
114 **grimpa:** o ponto mais alto de uma edificação. (N.E.)
119 **regato:** riacho; **empolar-se:** agitar-se. (N.E.)
124 **torrente:** curso de água rápido e forte. (N.E.)
131 **aluvião:** inundação de terras; enxurrada. (N.E.)

Qu'imitam as flores,
Que sembram primores
Dum novo arrebol.

Nas águas pousa;
E a base viva
De luz esquiva,
E a curva altiva
Sublima ao céu;
Inda outro arqueia,
Mais desbotado,
Quase apagado,
Como embotado
De tênue véu.

Tal a chuva
Transparece,
Quando desce
E ainda vê-se
O sol luzir;
Como a virgem,
Que numa hora
Ri-se e cora,
Depois chora
E torna a rir.

A folha
Luzente
Do orvalho
Nitente
A gota
Retrai:
Vacila,
Palpita;

---

144   **sembrar:** semear. (N.E.).
145   **arrebol:** pôr do sol. (N.E.).
151   **arquear:** curvar-se, dobrar-se. (N.E.)
169   **nitente:** resistente. (N.E.)

Mais grossa,
Hesita,
E treme
E cai.

(Últimos cantos)

Canção do tamoio
(Natalícia)

I
Não chores, meu filho;
Não chores, que a vida
É luta renhida:
Viver é lutar.
A vida é combate,
Que os fracos abate,
Que os fortes, os bravos,
Só pode exaltar.

II
Um dia vivemos!
O homem que é forte
Não teme da morte;
Só teme fugir;
No arco que entesa
Tem certa uma presa,
Quer seja tapuia,
Condor ou tapir.

III
O forte, o cobarde
Seus feitos inveja
De o ver na peleja
Garboso e feroz;
E os tímidos velhos
Nos graves concelhos,
Curvadas as frontes,
Escutam-lhe a voz!

IV
Domina, se vive;
Se morre, descansa

---
3   **renhida:** disputada; sangrenta. (N.E.)
22   **concelho:** conselho. (N.E.)

Dos seus na lembrança,
Na voz do porvir.
Não cures da vida!
30 Sê bravo, sê forte!
Não fujas da morte,
Que a morte há de vir!

V
E pois que és meu filho,
Meu brio reveste;
Tamoio nasceste,
Valente serás.
Sê duro guerreiro,
Robusto, fragueiro,
Brasão dos tamoios
40 Na guerra e na paz.

VI
Teu grito de guerra
Retumbe aos ouvidos
D'imigos transidos
Por vil comoção;
E tremam d'ouvi-lo
Pior que o sibilo
Das setas ligeiras,
Pior que o trovão.

VII
E a mãe nessas tabas,
50 Querendo calados
Os filhos criados
Na lei do terror;
Teu nome lhes diga,
Que a gente inimiga

---

29 **curar:** tratar, cuidar. (N.E.)
34 **brio:** honra, dignidade. (N.E.)
38 **fragueiro:** infatigável, impetuoso. (N.E.)
43 **imigo:** inimigo; **transido:** apavorado. (N.E.)

Talvez não escute
Sem pranto, sem dor!

VIII
Porém se a fortuna,
Traindo teus passos,
Te arroja nos laços
60   Do imigo falaz!
Na última hora
Teus feitos memora,
Tranquilo nos gestos,
Impávido, audaz.

IX
E cai como o tronco
Do raio tocado,
Partido, rojado
Por larga extensão;
Assim morre o forte!
70   No passo da morte
Triunfa, conquista
Mais alto brasão.

X
As armas ensaia,
Penetra na vida:
Pesada ou querida,
Viver é lutar.
Se o duro combate
Os fracos abate,
Aos fortes, aos bravos,
80   Só pode exaltar.

(*Últimos cantos*)

---

59   **arrojar:** lançar. (N.E.)
60   **falaz:** enganador, impostor. (N.E.)
67   **rojado:** arrastado. (N.E.)

Olhos verdes

> Eles verdes são:
> E têm por usança,
> Na cor esperança,
> E nas obras não.
> CAMÕES, Rimas*

1 São uns olhos verdes, verdes,
Uns olhos de verde-mar,
Quando o tempo vai bonança;
Uns olhos cor de esperança,
Uns olhos por que morri;
    Que ai de mi!
Nem já sei qual fiquei sendo
    Depois que os vi!

Como duas esmeraldas,
10 Iguais na forma e na cor,
Têm luz mais branda e mais forte,
Diz uma — vida, outra — morte;
Uma — loucura, outra — amor.
    Mas ai de mi!
Nem já sei qual fiquei sendo
    Depois que os vi!

São verdes da cor do prado,
Exprimem qualquer paixão,
Tão facilmente se inflamam,
20 Tão meigamente derramam
Fogo e luz do coração;
    Mas ai de mi!
Nem já sei qual fiquei sendo
    Depois que os vi!

São uns olhos verdes, verdes,
Que podem também brilhar;

---

* **Camões:** Luís Vaz de Camões (c. 1524-1580), célebre poeta português, autor de *Os lusíadas*. (N.E.)

Não são de um verde embaçado,
Mas verdes da cor do prado,
Mas verdes da cor do mar.
      Mas ai de mi!
Nem já sei qual fiquei sendo
      Depois que os vi!

Como se lê num espelho,
Pude ler nos olhos seus!
Os olhos mostram a alma,
Que as ondas postas em calma
Também refletem os céus;
      Mas ai de mi!
Nem já sei qual fiquei sendo
      Depois que os vi!

Dizei vós, ó meus amigos,
Se vos perguntam por mi,
Que eu vivo só da lembrança
De uns olhos cor de esperança,
De uns olhos verdes que vi!
      Que ai de mi!
Nem já sei qual fiquei sendo
      Depois que os vi!

Dizei vós: Triste do bardo!
Deixou-se de amor finar!
Viu uns olhos verdes, verdes,
Uns olhos da cor do mar:
Eram verdes sem esp'rança,
Davam amor sem amar!
Dizei-o vós, meus amigos,
      Que ai de mi!
Não pertenço mais à vida
      Depois que os vi!

(*Últimos cantos*)

---

49   **bardo:** poeta, trovador. (N.E.)

LAURINDO RABELO

Laurindo José da Silva Rabelo nasceu em 1826, no Rio de Janeiro. Mestiço e de família pobre, começou a vida acadêmica na Escola Militar. Mais tarde, decidiu-se pela Medicina e se formou na Faculdade da Bahia. Serviu no exército como oficial-médico. Violonista e repentista, compôs grande número de poemas, que publicou em 1853, com o título de *Trovas*. Morreu no Rio de Janeiro, em 1864.

O que são meus versos

1   Se é vate quem acesa a fantasia
    Tem de divina luz na chama eterna;
    Se é vate quem do mundo o movimento
    Co'o movimento das canções governa;

    Se é vate quem tem n'alma sempre abertas
    Doces, límpidas fontes de ternura,
    Veladas por amor, onde se miram
    As faces de querida formosura;

    Se é vate quem dos povos, quando fala,
10 As paixões vivifica, excita o pasmo,
    E da glória recebe sobre a arena
    As palmas, que lhe of'rece o entusiasmo;

    Eu triste, cujo fraco pensamento
    Do desgosto gelou fatal quebranto;
    Que, de tanto gemer desfalecido,
    Nem sequer movo os ecos com meu canto;

    Eu triste, que só tenho abertas n'alma
    Envenenadas fontes d'agonia
    Malditas por amor, a quem nem sombra
20 De amiga formosura o céu confia;

    Eu triste, que, dos homens desprezado,
    Só entregue a meu mal, quase em delírio,
    Ator no palco estreito da desgraça,
    Só espero a coroa do martírio;

    Vate não sou, mortais; bem o conheço;
    Meus versos, pela dor só inspirados, —
    Nem são versos — menti — são ais sentidos,
    Às vezes, sem querer, d'alma exalados;

    São fel, que o coração verte em golfadas
30 Por contínuas angústias comprimido;

São pedaços das nuvens, que m'encobrem
Do horizonte da vida o sol querido;

São anéis da cadeia, qu'arrojou-me
Aos pulsos a desgraça, ímpia, sanhuda;
São gotas do veneno corrosivo,
Que em pranto pelos olhos me transuda;

Seca de fé, minha alma os lança ao mundo,
Do caminho que levam descuidada,
Qual, ludíbrio do vento, as secas folhas
Solta a esmo no ar planta mirrada.

(Poesias)

---

34   **ímpia:** impiedosa, malvada; **sanhuda:** raivosa, terrível. (N.E.)
36   **transudar:** transpirar; manifestar-se. (N.E.)

CASIMIRO DE ABREU

Casimiro José Marques de Abreu nasceu em Barra de São João, província do Rio de Janeiro, em 1839. Filho de rico fazendeiro e comerciante português, passou a infância no campo. Aos 14 anos, e contra a própria vontade, foi empregado no comércio carioca. Autodidata, viajou para Portugal como comerciante e, nesse país, iniciou sua atividade literária. Compôs poemas e um drama em versos, *Camões e o jau*, representado, sem maior sucesso, em 1856. De volta ao Brasil, publicou *As primaveras* em 1859. Morreu de tuberculose no ano seguinte.

Canção do exílio

1   Se eu tenho de morrer na flor dos anos
            Meu Deus! não seja já;
      Eu quero ouvir na laranjeira, à tarde,
            Cantar o sabiá!

      Meu Deus, eu sinto e tu bem vês que eu morro
            Respirando este ar;
      Faz que eu viva, Senhor! dá-me de novo
            Os gozos do meu lar!

      O país estrangeiro mais belezas
10   Do que a pátria não tem;
      E este mundo não vale um só dos beijos
            Tão doces duma mãe!

      Dá-me os sítios gentis onde eu brincava
            Lá na quadra infantil;
      Dá que eu veja uma vez o céu da pátria,
            O céu do meu Brasil!

      Se eu tenho de morrer na flor dos anos,
            Meu Deus! não seja já;
      Eu quero ouvir na laranjeira, à tarde,
20   Cantar o sabiá!

      Quero ver esse céu da minha terra
            Tão lindo e tão azul!
      E a nuvem cor-de-rosa que passava
            Correndo lá do sul!

      Quero dormir à sombra dos coqueiros,
            As folhas por dossel;
      E ver se apanho a borboleta branca,
            Que voa no vergel!

---

26   **dossel**: cobertura. (N.E.)
28   **vergel**: jardim, pomar. (N.E.)

Quero sentar-me à beira do riacho
    Das tardes ao cair,
E sozinho cismando no crepúsculo
    Os sonhos do porvir!

Se eu tenho de morrer na flor dos anos,
    Meu Deus! não seja já;
Eu quero ouvir na laranjeira, à tarde,
    A voz do sabiá!

Quero morrer cercado dos perfumes
    Dum clima tropical,
E sentir, expirando, as harmonias
    Do meu berço natal!

Minha campa será entre as mangueiras,
    Banhada do luar,
E eu contente dormirei tranquilo
    À sombra do meu lar!

As cachoeiras chorarão sentidas
    Porque cedo morri,
E eu sonho no sepulcro os meus amores
    Na terra onde nasci!

Se eu tenho de morrer na flor dos anos,
    Meu Deus! não seja já;
Eu quero ouvir na laranjeira, à tarde,
    Cantar o sabiá!

                              Lisboa — 1857
                              (*Primaveras*)

---

41   **campa**: sepultura. (N.E.)

Meus oito anos

> Oh! souvenirs! printemps! aurores!
> V. Hugo*

1   Oh! que saudades que tenho
    Da aurora da minha vida,
    Da minha infância querida
    Que os anos não trazem mais!
    Que amor, que sonhos, que flores,
    Naquelas tardes fagueiras
    À sombra das bananeiras,
    Debaixo dos laranjais!

    Como são belos os dias
10 Do despontar da existência!
    — Respira a alma inocência
    Como perfumes a flor;
    O mar é — lago sereno,
    O céu — um manto azulado,
    O mundo — um sonho dourado,
    A vida — um hino d'amor!

    Que auroras, que sol, que vida,
    Que noites de melodia
    Naquela doce alegria,
20 Naquele ingênuo folgar!
    O céu bordado d'estrelas,
    A terra de aromas cheia,
    As ondas beijando a areia
    E a lua beijando o mar!

    Oh! dias da minha infância!
    Oh! meu céu de primavera!
    Que doce a vida não era
    Nessa risonha manhã!

---

*   ***Oh!*** **[...]:** do francês, "Oh! lembranças! primaveras! auroras!". Esta epígrafe é um verso do romancista e poeta romântico francês Victor Hugo (1802-1885). (N.E.)

Em vez das mágoas de agora,
Eu tinha nessas delícias
De minha mãe as carícias
E beijos de minha irmã!

Livre filho das montanhas,
Eu ia bem satisfeito,
Da camisa aberto o peito,
— Pés descalços, braços nus —
Correndo pelas campinas
À roda das cachoeiras,
Atrás das asas ligeiras
Das borboletas azuis!

Naqueles tempos ditosos
Ia colher as pitangas,
Trepava a tirar as mangas,
Brincava à beira do mar;
Rezava às Ave-Marias,
Achava o céu sempre lindo,
Adormecia sorrindo
E despertava a cantar!

Oh! que saudades que tenho
Da aurora da minha vida,
Da minha infância querida
Que os anos não trazem mais!
— Que amor, que sonhos, que flores,
Naquelas tardes fagueiras
À sombra das bananeiras,
Debaixo dos laranjais!

Lisboa — 1857
(*Primaveras*)

A valsa

(A M. ***)

1 Tu, ontem,
Na dança
Que cansa,
Voavas
Co' as faces
Em rosas
Formosas
De vivo,
Lascivo
10 Carmim;
Na valsa
Tão falsa,
Corrias,
Fugias,
Ardente,
Contente,
Tranquila,
Serena,
Sem pena
20 De mim!
Quem dera
Que sintas
As dores
De amores
Que louco
Senti!
Quem dera
Que sintas!...
— Não negues,
30 Não mintas...
— Eu vi!...

---

9   lascivo: sensual. (N.E.)

Valsavas:
— Teus belos
Cabelos,
Já soltos,
Revoltos,
Saltavam,
Voavam,
Brincavam
No colo
Que é meu;
E os olhos
Escuros
Tão puros,
Os olhos
Perjuros
Volvias,
Tremias,
Sorrias
P'ra outro
Não eu!
Quem dera
Que sintas
As dores
De amores
Que louco
Senti!
Quem dera
Que sintas!...
— Não negues,
Não mintas...
— Eu vi!...

Meu Deus!
Eras bela
Donzela,
Valsando,
Sorrindo,

---

46   **perjuro**: que falta a um juramento; traidor. (N.E.)

Fugindo,
Qual silfo
70 Risonho
Que em sonho
Nos vem!
Mas esse
Sorriso
Tão liso
Que tinhas
Nos lábios
De rosa,
Formosa,
80 Tu davas,
Mandavas
A quem?!
Quem dera
Que sintas
As dores
De amores
Que louco
Senti!
Quem dera
90 Que sintas!...
— Não negues,
Não mintas...
— Eu vi!...

Calado,
Sozinho,
Mesquinho,
Em zelos
Ardendo,
Eu vi-te
100 Correndo
Tão falsa
Na valsa
Veloz!

---

69 **silfo:** silfos (ou sílfides) são divindades do ar e do vento na mitologia céltica. (N.E.)

Eu triste
Vi tudo!
Mas mudo
Não tive
Nas galas
Das salas,
110 Nem falas,
Nem cantos,
Nem prantos,
Nem voz!
Quem dera
Que sintas
As dores
De amores
Que louco
Senti!
120 Quem dera
Que sintas!...
— Não negues,
Não mintas...
— Eu vi!...

Na valsa
Cansaste;
Ficaste
Prostrada,
Turbada!
130 Pensavas,
Cismavas,
E estavas
Tão pálida
Então;
Qual pálida
Rosa
Mimosa,
No vale

---

128 **prostrada:** abatida, desanimada. (N.E.)
129 **turbada:** perturbada, transtornada. (N.E.)

Do vento
140 Cruento
Batida,
Caída
Sem vida
No chão!
Quem dera
Que sintas
As dores
De amores
Que louco
150 Senti!
Quem dera
Que sintas!...
— Não negues,
Não mintas...
— Eu vi!...

Rio de Janeiro — 1858
(Primaveras)

Amor e medo

I

Quando eu te fujo e me desvio cauto
Da luz de fogo que te cerca, oh! bela,
Contigo dizes, suspirando amores:
"— Meu Deus! que gelo, que frieza aquela!"

Como te enganas! meu amor é chama
Que se alimenta no voraz segredo,
E se te fujo é que te adoro louco...
És bela — eu moço; tens amor — eu medo!...

Tenho medo de mim, de ti, de tudo,
Da luz, da sombra, do silêncio ou vozes,
Das folhas secas, do chorar das fontes,
Das horas longas a correr velozes.

O véu da noite me atormenta em dores,
A luz da aurora me intumesce os seios,
E ao vento fresco do cair das tardes
Eu me estremeço de cruéis receios.

É que esse vento que na várzea — ao longe,
Do colmo o fumo caprichoso ondeia,
Soprando um dia tornaria incêndio
A chama viva que teu riso ateia!

Ai! se abrasado crepitasse o cedro,
Cedendo ao raio que a tormenta envia,
Diz: — que seria da plantinha humilde
Que à sombra dele tão feliz crescia?

A labareda que se enrosca ao tronco
Torrara a planta qual queimara o galho,

---

1 **cauto**: cauteloso, precavido. (N.E.)
14 **intumescer**: dilatar; agitar; **seios**: peito, espírito. (N.E.)
18 **colmo**: palha vegetal. (N.E.)

E a pobre nunca reviver pudera,
Chovesse embora paternal orvalho!

II
Ai! se eu te visse no calor da sesta,
A mão tremente no calor das tuas,
Amarrotado o teu vestido branco,
Soltos cabelos nas espáduas nuas!

Ai, se eu te visse, Madalena pura,
Sobre o veludo reclinada a meio,
Olhos cerrados na volúpia doce,
Os braços frouxos — palpitante o seio!...

Ai! se eu te visse em languidez sublime,
Na face as rosas virginais do pejo,
Trêmula a fala a protestar baixinho...
Vermelha a boca, soluçando um beijo!...

Diz: — que seria da pureza d'anjo,
Das vestes alvas, do candor das asas?
— Tu te queimaras, a pisar descalça,
— Criança louca, — sobre um chão de brasas!

No fogo vivo eu me abrasara inteiro!
Ébrio e sedento na fugaz vertigem
Vil, machucara com meu dedo impuro
As pobres flores da grinalda virgem!

Vampiro infame, eu sorveria em beijos
Toda a inocência que teu lábio encerra,
E tu serias no lascivo abraço
Anjo enlodado nos pauis da terra.

---

32 **espádua:** ombro. (N.E.)
37 **languidez:** moleza; doçura; sensualidade. (N.E.)
38 **pejo:** timidez, pudor. (N.E.)
42 **candor:** candura, castidade. (N.E.)
52 **enlodado:** sujo ou coberto de lodo; **paul:** pântano, brejo. (N.E.)

Depois... desperta no febril delírio,
— Olhos pisados — como um vão lamento,
Tu perguntaras: — qu'é da minha c'roa?...
Eu te diria: — desfolhou-a o vento!...

Oh! não me chames coração de gelo!
Bem vês: traí-me no fatal segredo.
Se de ti fujo é que te adoro e muito,
És bela — eu moço; tens amor, eu — medo!...

Outubro — 1858
(Primaveras)

JUNQUEIRA FREIRE

Luís José Junqueira Freire nasceu em 1832, em Salvador. Seus primeiros estudos foram irregulares, devido a doenças que se manifestaram precocemente e o perseguiram por toda a vida. Realizou os estudos secundários no Liceu Provincial de Salvador. Aos 19 anos, talvez por causa da penosa relação com o pai alcoólatra, entrou como noviço na Ordem Beneditina. Professor aos 20 anos, permanecia noviço mas sem vocação para a vida religiosa. Em 1854, abandonou os votos e retornou à casa paterna. Morreu no ano seguinte de doença cardíaca, logo após a edição de *Inspirações do claustro*.

Meu filho no claustro*
Canção materna

1   Eu não sou tua mãe que te preza?
Tu não vês meus cuidados maternos?
E me escondes as dores que sentes?
Não sei eu teus desgostos internos?

Eu te disse, meu filho, eu te disse
Que jamais te apartasses de mim.
Tu quiseste, meu filho, tu foste,
Tu agora padeces assim.

Tu deixaste meu seio materno,
10   Tu deixaste teu pai tão doente!
Vê teu pai, como, gasto de angústias,
Chora e geme — perdido e demente.

Tu deixaste os lugares da infância,
Mais as flores do nosso jardim.
Já não brotam, não cheiram as flores,
Já não deitam perfumes assim.

Já não deitam botões as roseiras,
Já não deitam sequer uma flor.
Elas sentem, percebem — coitadas —
20   Que perderam também seu cultor.

Eu beijei teu infantil jasmineiro.
E pedi-lhe em teu nome um jasmim,
Veio a brisa, moveu-lhe a folhagem;
Percebi que negava-mo assim.

Tuas plantas bem sabem — coitadas —
Que perderam seu lindo cultor.

---

*   **claustro:** convento, mosteiro; por extensão, o estilo de vida austero e limitado que se adota nesse local. Este poema tem, possivelmente, caráter autobiográfico: o poeta representa, por meio do eu lírico de uma mãe, o sofrimento que ele próprio sentiu como noviço em uma ordem religiosa. (N.E.)

Elas sabem também que tu vives
Sepultado no abismo da dor.

Teu presente, meu filho, é tão triste!
30   Que será teu futuro e teu fim?
E quem pode esperar mais horrores,
Quem começa com tantos assim!

Tu quiseste ser monge, tu foste,
Tu saíste da casa paterna.
Insultaste os maternos pedidos,
Mais a queixa infantil e fraterna.

Teus irmãos, levantaram mil vozes
Com seus lábios de ardente rubim.
E clamaram, — coitados — chorando,
40   Que não há, como o teu, gênio assim!

Tu cortaste os anéis dos cabelos,
— Teus cabelos, que eu tanto estimava.
Eu por eles chorei... tu sorriste,
Tu mais fero que a fera mais brava!

Eu por eles chorei: — que eles eram
Lindos fios de preto cetim.
Para seus tua irmã os queria,
Que os não tinha tão belos assim.

As mãozinhas da irmã que te chora
50   Teus cabelos, brincando, alisavam.
Quantas vezes meus lábios sedentos
Teus cabelos, meu filho, beijavam!

Hoje — que é de teus lindos cabelos,
Tão corridos, qual preto cetim?
Hoje tens desnuda a cabeça,
— E que frio não sentes assim?

---

38   **rubim:** o mesmo que rubi, vermelho intenso. (N.E.)

Mas eu tive coragem pra ver-te
Adornado de crepe feral.
E te vi revestido a cadáver,
60   Como a face do gênio do mal.

Eu a Deus perguntei: — Pois ao mundo
Para as dores somente é que eu vim?
Para ver e sentir que meu filho
Dá-me tantos martírios assim?

Nos degraus dos altares ao longo
Te prostraste com a face no chão.
E juraste ao Eterno ante os homens
Que meu filho não eras mais não.

Blasfemei nesse instante do Cristo
70   Nos assomos do meu frenesim,
— Os amores de pai não são nada,
Os extremos de mãe são assim!

Blasfemei desse Deus que arrancava
De meus braços meu filho querido:
Que despia-lhe os trajos de seda,
Para dar-lhe um funéreo vestido.

Blasfemei desse Deus que lhe impunha
Férreos votos, eternos, sem fim:
Que seus filhos por vítimas conta:
80   Que quer tantos martírios assim!

É mentira. Essa lei violenta
Não foi feita por Nosso Senhor.
Nosso Deus não nos prende com ferros,
Mas com laços de dócil amor.

---

58   **crepe:** faixa de tecido preto que se usa na gola, na manga ou no chapéu, em sinal de luto; **feral:** fúnebre. (N.E.)
70   **frenesim:** frenesi, desvario, desespero. (N.E.)

Não inveja da mãe os prazeres,
Como rosas ornando o festim.
Não lhe dá inocentes filhinhos,
Para em vida arrancar-lhos assim.

Blasfemei! — e no reino das chamas
90   Dos demônios ouviu-me a coorte:
E rompeu numa horrível orquestra,
Digna festa dos filhos da morte!

A minhalma riscou-a em seu livro
De meu Deus o cruel querubim.
Não faz mal; foi por ti que perdi-a
Oxalá que eu ganhasse-te assim!

Mas tormentos oprimem teu peito
Mais terríveis talvez que este inferno.
Sim: tu sofres, — eu sei, — mais angústias
100   Do que sofre meu peito materno.

Já não brinca o prazer em teus olhos
Mais travessos que vivo delfim,
As tristezas, que afeiam teu rosto,
Não há delas nos homens assim.

Não me escondas, meu filho, estas penas,
De pesares comuns não me prives.
Eu bem sei que sem mim — entre estranhos —
É difícil a vida que vives.

Vem, descerra, meu filho, estes lábios,
110   Onde vi transpirar-te o carmim.
Foste ingrato, é verdade: mas sabe
Que eu te estimo, meu filho, ainda assim.

---

90   **coorte:** tropa. (N.E.)
109 **descerrar:** abrir. (N.E.)
110 **carmim:** vermelho vivo. (N.E.)

Entre a febre teu pai se revolve
Nesse leito que outrora foi teu.
Grita, clama, tateia, procura
Só por ti — primogênito seu.

Foste ingrato! — deixaste teus lares,
Teus irmãos, mais teu pai, mais a mim.
Tu quiseste ser monge, — meu filho,
Tu agora padeces assim!

(*Inspirações do claustro*)

Temor

1   Ao gozo, ao gozo, amiga. O chão que pisas
      A cada instante te oferece a cova.
      Pisemos devagar. Olha que a terra
          Não sinta o nosso peso.

      Deitemo-nos aqui. Abre-me os braços.
      Escondamo-nos um no seio do outro.
      Não há de assim nos avistar a morte,
          Ou morreremos juntos.

      Não fales muito. Uma palavra basta
10   Murmurada, em segredo, ao pé do ouvido.
      Nada, nada de voz, — nem um suspiro,
          Nem um arfar mais forte.

      Fala-me só com o revolver dos olhos.
      Tenho-me afeito à inteligência deles.
      Deixa-me os lábios teus, rubros de encanto,
          Somente pra os meus beijos.

      Ao gozo, ao gozo, amiga. O chão que pisas
      A cada instante te oferece a cova.
      Pisemos devagar. Olha que a terra
20   Não sinta o nosso peso.

(Contradições poéticas)

Morte
Hora de delírio

1   Pensamento gentil de paz eterna,
    Amiga morte, vem. Tu és o termo
    De dois fantasmas que a existência formam,
    — Dessa alma vã e desse corpo enfermo.

    Pensamento gentil de paz eterna,
    Amiga morte, vem. Tu és o nada,
    Tu és a ausência das moções da vida,
    Do prazer que nos custa a dor passada.

    Pensamento gentil de paz eterna,
10 Amiga morte, vem. Tu és apenas
    A visão mais real das que nos cercam,
    Que nos extingues as visões terrenas.

        Nunca temi tua dextra,
        Não sou o vulgo profano:
        Nunca pensei que teu braço
        Brande um punhal sobre-humano.

        Nunca julguei-te em meus sonhos
        Um esqueleto mirrado:
        Nunca dei-te, pra voares,
20   Terrível ginete alado.

        Nunca te dei uma foice
        Dura, fina e recurvada;
        Nunca chamei-te inimiga,
        Ímpia, cruel, ou culpada.

---

2   **termo:** fim. (N.E.)
7   **moção:** impulso. (N.E.)
13 **dextra:** mão direita. (N.E.)
14 **vulgo:** povo, plebe. (N.E.)
20 **ginete:** cavalo. (N.E.)

Amei-te sempre: — e pertencer-te quero
Para sempre também, amiga morte.
Quero o chão, quero a terra, — esse elemento;
Que não se sente dos vaivéns da sorte.

Para tua hecatombe de um segundo
Não falta alguém? — Preenche-a tu comigo.
Leva-me à região da paz horrenda,
Leva-me ao nada, leva-me contigo.

Miríadas de vermes lá me esperam
Para nascer de meu fermento ainda.
Para nutrir-se de meu suco impuro,
Talvez me espera uma plantinha linda.

Vermes que sobre podridões refervem,
Plantinha que a raiz meus ossos ferra,
Em vós minha alma e sentimento e corpo
Irão em partes agregar-se à terra.

E depois nada mais. Já não há tempo,
Nem vida, nem sentir, nem dor, nem gosto.
Agora o nada, — esse real tão belo
Só nas terrenas vísceras deposto.

Facho que a morte ao lumiar apaga,
Foi essa alma fatal que nos aterra.
Consciência, razão, que nos afligem,
Deram em nada ao baquear em terra.

Única ideia mais real dos homens,
Morte feliz, — eu quero-te comigo.
Leva-me à região da paz horrenda,
Leva-me ao nada, leva-me contigo.

---

29 **hecatombe:** massacre. (N.E.)
33 **miríada:** o mesmo que miríade, quantidade imensa. (N.E.)
38 **ferrar:** agarrar. (N.E.)

Também desta vida à campa
Não transporto uma saudade.
Cerro meus olhos contente,
Sem um ai de ansiedade.

E como autômato infante
Que ainda não sabe sentir,
Ao pé da morte querida
Hei de insensato sorrir.

Por minha face sinistra
Meu pranto não correrá.
Em meus olhos moribundos
Terrores ninguém lerá.

Não achei na terra amores
Que merecessem os meus.
Não tenho um ente no mundo
A quem diga o meu — adeus.

Não posso da vida à campa
Transportar uma saudade.
Cerro meus olhos contente
Sem um ai de ansiedade.

Por isso, ó morte, eu amo-te, e não temo:
Por isso, ó morte, eu quero-te comigo.
Leva-me à região da paz horrenda,
Leva-me ao nada, leva-me contigo.

(*Contradições poéticas*)

---

57   **autômato:** diz-se de indivíduo que não age por consciência própria; **infante:** criança. (N.E.)

O canto do galo
Canção rústica

Io triumphe!*

1   Com penas hirtas para mim avança,
    — Que eu não deslumbro à tua acesa vista:
    Hei de ensopar meu triunfante bico
    Nas crespas rendas dessa rubra crista.

    Afia embora os esporões agudos,
    — Que hei de vencer-te, ó rude antagonista:
    Hei de montar sobre o teu colo altivo,
    Ensopar-te de sangue a régia crista.

    Provocaste-me à liça, a mim, fidalgo,
10 Tu, ó galo peão de casta mista!
    Hás de pagar bem caro essa arrogância,
    Hás de ficar sem tua régia crista!

    Fora de minha estirpe de fidalgo,
    Sangue real jamais há aí que exista;
    Arrogaste o poder! — Rei te saúdo,
    — Rei das galinhas! — ficarás sem crista!

    Quando eu passar pelo cercado ao longe,
    Abaixarás humilde o bico e a vista:
    Que eu sou o rei das mais gentis galinhas,
20 Que eu sei erguer a minha régia crista.

    Há de seguir-te em toda a parte o espectro
    De minha nobre e célebre conquista:

---

*   **Io triumphe!**: grito de vitória usado na Antiguidade romana, presente na obra de Horácio (ver nota na página 37). (N.E.)
1   **hirta**: eriçada, espetada. (N.E.)
8   **régia**: que pertence ou diz respeito ao rei. (N.E.)
9   **liça**: arena, local de combate. (N.E.)
13   **estirpe**: linhagem, casta, genealogia. (N.E.)
15   **arrogar**: tomar para si. (N.E.)

Será manhã, — não cantarás teu hino,
Nem jamais erguerás a régia crista.

Hás de, ó galo peão de casta ambígua,
Sentir que eu fui valente antagonista;
— Eu cantarei meu hino de triunfo,
Tu correrás de minha nobre vista:
— Tu, infamado, marcharás humilde,
Eu erguerei a minha régia crista!

(Contradições poéticas)

ÁLVARES DE AZEVEDO

Em 1831, próximo ao largo de São Francisco, em São Paulo, nasceu Manuel Antônio Álvares de Azevedo. Estudou inicialmente no Rio de Janeiro, onde seu pai era chefe de polícia. Dedicado e inteligente, desde cedo destacou-se na vida escolar. Aos 16 anos, bacharelou-se em Letras pelo Colégio Pedro II, o mais importante do país na época, onde teve Gonçalves de Magalhães como professor. Em São Paulo matriculou-se no curso de Direito, onde foi colega de Bernardo Guimarães, José Bonifácio (neto de José Bonifácio, "patriarca da Independência") e outros que se destacaram nas letras e na política. Era leitor apaixonado do poeta inglês lorde Byron e de românticos franceses e alemães. Acumulou, em pouco tempo, sólido conhecimento da literatura europeia. São também inúmeras as histórias que se contam sobre suas extravagâncias na boemia de São Paulo — muitas delas inverossímeis e provavelmente inverídicas. Veio a falecer em 1852, ao final do quarto ano do curso e com apenas 21 anos de idade, após malsucedida operação de um tumor na fossa ilíaca. No ano seguinte, foi publicada a *Lira dos vinte anos*, núcleo de sua obra literária.

Se eu morresse amanhã!

1   Se eu morresse amanhã, viria ao menos
    Fechar meus olhos minha triste irmã;
    Minha mãe de saudades morreria
        Se eu morresse amanhã!

    Quanta glória pressinto em meu futuro!
    Que aurora de porvir e que manhã!
    Eu perdera chorando essas coroas
        Se eu morresse amanhã!

    Que sol! que céu azul! que doce n'alva
10 Acorda a natureza mais louçã!
    Não me batera tanto amor no peito
        Se eu morresse amanhã!

    Mas essa dor da vida que devora
    A ânsia de glória, o dolorido afã...
    A dor no peito emudecera ao menos
        Se eu morresse amanhã!

                            (*Poesias diversas*)

---

9   **alva**: aurora, primeira hora da manhã. (N.E.)
10 **louçã**: bela, viçosa. (N.E.)
14 **afã**: empenho, zelo. (N.E.)

Soneto

Oh! páginas da vida que eu amava,
Rompei-vos! nunca mais! tão desgraçado!...
Ardei, lembranças doces do passado!
Quero rir-me de tudo que eu amava!

E que doudo que eu fui! como eu pensava
Em mãe, amor de irmã! em sossegado
Adormecer na vida acalentado
Pelos lábios que eu tímido beijava!

Embora — é meu destino. Em treva densa
Dentro do peito a existência finda...
Pressinto a morte na fatal doença!...

A mim a solidão da noite infinda!
Possa dormir o trovador sem crença...
Perdoa, minha mãe — eu te amo ainda!

(*Poesias diversas*)

Soneto

1 Já da morte o palor me cobre o rosto,
Nos lábios meus o alento desfalece,
Surda agonia o coração fenece,
E devora meu ser mortal desgosto!

Do leito embalde no macio encosto
Tento o sono reter!... já esmorece
O corpo exausto que o repouso esquece...
Eis o estado em que a mágoa me tem posto!

O adeus, o teu adeus, minha saudade,
10 Fazem que insano do viver me prive
E tenha os olhos meus na escuridade.

Dá-me a esperança com que o ser mantive!
Volve ao amante os olhos por piedade,
Olhos por quem viveu quem já não vive!

(Lira dos vinte anos)

---

1   **palor:** palidez. (N.E.)
5   **embalde:** debalde, em vão, inutilmente. (N.E.)

Crepúsculo nas montanhas

> Pálida estrela, casto olhar da noite, diamante luminoso
> na fronte azul do crepúsculo, o que vês na planície?
> OSSIAN*

I

1 Além serpeia o dorso pardacento
    Da longa serrania,
Rubro flameia o véu sanguinolento
    Da tarde na agonia.

No cinéreo vapor o céu desbota
    Num azulado incerto;
No ar se afaga desmaiando a nota
    Do sino do deserto.

Vim alentar meu coração saudoso
10   No vento das campinas,
Enquanto nesse manto lutuoso
    Pálida te reclinas,

E morre em teu silêncio, ó tarde bela,
    Das folhas o rumor
E late o pardo cão que os passos vela
    Do tardio pastor!

II
Pálida estrela! o canto do crepúsculo
    Acorda-te no céu:
Ergue-te nua na floresta morta
20   No teu doirado véu!

---

* **Ossian:** lendário herói e trovador escocês do século III, que os poetas românticos ingleses cultuavam a fim de exaltar a Idade Média. (N.E.)
1   **serpear:** ziguezaguear, movimentar-se ou parecer-se com uma serpente. (N.E.)
2   **serrania:** cordilheira. (N.E.)
5   **cinéreo:** cinzento. (N.E.)

Ergue-te! eu vim por ti e pela tarde
    Pelos campos errar,
Sentir o vento, respirando a vida,
    E livre suspirar.

É mais puro o perfume das montanhas
    Da tarde no cair:
Quando o vento da noite ruge as folhas,
    É doce o teu luzir!

Estrela do pastor no véu doirado
    Acorda-te na serra,
Inda mais bela no azulado fogo
    Do céu da minha terra!

III
Estrela d'oiro, no purpúreo leito
Da irmã da noite, branca e peregrina
No firmamento azul derramas dia
    Que as almas ilumina!

Abre o seio de pérola, transpira
Esse raio de luz que a mente inflama!
Esse raio de amor que ungiu meus lábios
    No meu peito derrama!

IV

> *Lo bel pianeta che ad amar conforta*
> *Faceva tutto rider l'oriente.*
>   DANTE, *Purgatório**

Estrelinhas azuis do céu vermelho,
Lágrimas d'oiro sobre o véu da tarde,
Que olhar celeste em pálpebra divina
    Vos derramou tremendo?

---

*   **Lo bel pianeta [...]**: do italiano, "A bela estrela que ao amor incita / Fazia rebrilhar ao longe o oriente". Esta epígrafe é da obra *Divina comédia*, do poeta italiano Dante Alighieri (1265-1321). (N.E.)

Quem à tarde, crisólitas ardentes,
Estrelas brancas, vos sagrou saudosas
Da fronte dela na azulada c'roa
    Como auréola viva?

Foram anjos de amor que vagabundos
Com saudades do céu vagam gemendo
E as lágrimas de fogo dos amores
    Sobre as nuvens pranteiam?

Criaturas da sombra e do mistério
Ou no purpúreo céu doireis a tarde,
Ou pela noite cintileis medrosas,
    Estrelas, eu vos amo!

E quando exausto o coração no peito
Do amor nas ilusões espera e dorme,
Diáfanas vindes lhe doirar na mente
    A sombra da esperança!

Oh! quando o pobre sonhador medita
Do vale fresco no orvalhado leito,
Inveja às águias o perdido voo,
Para banhar-se no perfume etéreo,
E nessa argêntea luz, no mar de amores
Onde entre sonhos e luar divino
A mão eterna vos lançou no espaço,
    Respirar e viver!

                      (Lira dos vinte anos)

---

45   **crisólita**: tipo de pedra que antigamente se acreditava afastar maus espíritos. (N.E.)
59   **diáfana**: límpida; vaga; transparente. (N.E.)
64   **etéreo**: sublime; divino. (N.E.)
65   **argêntea**: prateada. (N.E.)

Spleen e charutos*

[...]

A lagartixa
A lagartixa ao sol ardente vive
E fazendo verão o corpo espicha:
O clarão de teus olhos me dá vida,
Tu és o sol e eu sou a lagartixa.

Amo-te como o vinho e como o sono,
Tu és meu copo e amoroso leito...
Mas teu néctar de amor jamais se esgota,
Travesseiro não há como teu peito.

Posso agora viver: para coroas
Não preciso no prado colher flores;
Engrinaldo melhor a minha fronte
Nas rosas mais gentis de teus amores.

Vale todo um harém a minha bela,
Em fazer-me ditoso ela capricha;
Vivo ao sol de seus olhos namorados,
Como ao sol de verão a lagartixa.

Luar de verão
O que vês, trovador? — Eu vejo a lua
Que sem lavor a face ali passeia;
No azul do firmamento inda é mais pálida
Que em cinzas do fogão uma candeia.

O que vês, trovador? — No esguio tronco
Vejo erguer-se o chinó de uma nogueira...

---

* ***Spleen* e charutos**: das seis partes que compõem este poema, que ironiza as convenções da estética romântica, foram selecionadas as três últimas – por isso a numeração dos versos, à esquerda, começa em 89; ***spleen***: melancolia, desencanto que leva ao desejo de morte. (N.E.)
95 **néctar**: bebida deliciosa ou, por extensão, sensação agradável. (N.E.)
106 **lavor**: o mesmo que labor, trabalho, esforço. (N.E.)
110 **chinó**: cabeleira postiça. (N.E.)

Além se entorna a luz sobre um rochedo
Tão liso como um pau de cabeleira.

Nas praias lisas a maré enchente
S'espraia cintilante d'ardentia...
Em vez de aromas as doiradas ondas
Respiram efluviosa maresia!

O que vês, trovador? — No céu formoso
Ao sopro dos favônios feiticeiros
Eu vejo — e tremo de paixão ao vê-las —
As nuvens a dormir, como carneiros.

E vejo além, na sombra do horizonte,
Como viúva moça envolta em luto,
Brilhando em nuvem negra estrela viva
Como na treva a ponta de um charuto.

Teu romantismo bebo, ó minha lua,
A teus raios divinos me abandono,
Torno-me vaporoso, e só de ver-te
Eu sinto os lábios meus se abrir de sono.

O poeta moribundo
Poetas! amanhã ao meu cadáver
Minha tripa cortai mais sonorosa!...
Façam dela uma corda, e cantem nela
Os amores da vida esperançosa!

Cantem esse verão que me alentava...
O aroma dos currais, o bezerrinho,
As aves que na sowmbra suspiravam,
E os sapos que cantavam no caminho!

---

112 **pau de cabeleira**: cabide de madeira com formato de cabeça humana, em que se penduram e penteiam perucas. (N.E.)
114 **ardentia**: brilho. (N.E.)
116 **efluviosa**: que emana eflúvios, energia ou aroma. (N.E.)
118 **favônio**: vento suave. (N.E.)

Coração, por que tremes? Se esta lira
Nas minhas mãos sem força desafina,
Enquanto ao cemitério não te levam,
140   Casa no marimbau a alma divina!

Eu morro qual nas mãos da cozinheira
O marreco piando na agonia...
Como o cisne de outrora... que gemendo
Entre os hinos de amor se enternecia.

Coração, por que tremes? Vejo a morte,
Ali vem lazarenta e desdentada...
Que noiva!... E devo então dormir com ela?...
Se ela ao menos dormisse mascarada!

Que ruínas! que amor petrificado!
150   Tão antediluviano e gigantesco!
Ora, façam ideia que ternuras
Terá essa lagarta posta ao fresco!

Antes mil vezes que dormir com ela,
Que dessa fúria o gozo, amor eterno...
Se ali não há também amor de velha,
Deem-me as caldeiras do terceiro Inferno!

No inferno estão suavíssimas belezas,
Cleópatras, Helenas, Eleonoras;
Lá se namora em boa companhia,
160   Não pode haver inferno com Senhoras!

Se é verdade que os homens gozadores,
Amigos de no vinho ter consolos,

---

140   **marimbau:** variante de berimbau, com possível influência da palavra *marimba* – ambos instrumentos de percussão. (N.E.)

150   **antediluviano:** antigo, antiquado (ou, literalmente, aquilo que aconteceu antes do dilúvio bíblico). (N.E.)

152   **ao fresco:** fora de casa, na rua. (N.E.)

158   **Cleópatra, Helena, Eleonora:** referência a três mulheres da tradição mítico-literária: Cleópatra (c. 70 a.C.-30 a.C.), rainha do Egito; Helena, personagem da *Ilíada* e da *Odisseia* (atribuídas a Homero), cujo rapto teria motivado a Guerra de Troia; e Eleonora, musa do poeta italiano Torquato Tasso (1544-1595). (N.E.)

Foram com Satanás fazer colônia,
Antes lá que do Céu sofrer os tolos! —

Ora! e forcem um'alma qual a minha
Que no altar sacrifica ao Deus-Preguiça
A cantar ladainha eternamente
E por mil anos ajudar a Missa!

(Lira dos vinte anos)

Namoro a cavalo

Eu moro em Catumbi. Mas a desgraça
Que rege minha vida malfadada
Pôs lá no fim da rua do Catete
A minha Dulcineia namorada.

Alugo (três mil-réis) por uma tarde
Um cavalo de trote (que esparrela!)
Só para erguer meus olhos suspirando
A minha namorada na janela...

Todo o meu ordenado vai-se em flores
E em lindas folhas de papel bordado
Onde eu escrevo trêmulo, amoroso,
Algum verso bonito... mas furtado.

Morro pela menina, junto dela
Nem ouso suspirar de acanhamento...
Se ela quisesse eu acabava a história
Como toda a Comédia — em casamento.

Ontem tinha chovido... que desgraça!
Eu ia a trote inglês ardendo em chama,
Mas lá vai senão quando uma carroça
Minhas roupas tafuis encheu de lama...

Eu não desanimei. Se Dom Quixote
No Rocinante erguendo a larga espada
Nunca voltou de medo, eu, mais valente,
Fui mesmo sujo ver a namorada...

---

1   **Catumbi:** antigo bairro na região central do Rio de Janeiro. (N.E.)
4   **Dulcineia:** amada de Dom Quixote, personagem do escritor espanhol Miguel de Cervantes (1547-1616). Dom Quixote, velho fidalgo enlouquecido pela leitura das novelas de cavalaria, julga-se cavaleiro andante e apaixona-se por Dulcineia, dama imaginária a quem jura fervoroso amor. Aqui, o nome dela ganha a conotação de amada, mulher ideal. (N.E.)
6   **esparrela:** armadilha; fraude. (N.E.)
20 **taful:** elegante, janota. (N.E.)
22 **Rocinante:** velho pangaré que Dom Quixote cavalga e julga ser um fogoso corcel. (N.E.)

Mas eis que no passar pelo sobrado
Onde habita nas lojas minha bela
Por ver-me tão lodoso ela irritada
Bateu-me sobre as ventas a janela...

O cavalo ignorante de namoros
30 Entre dentes tomou a bofetada,
Arripia-se, pula, e dá-me um tombo
Com pernas para o ar, sobre a calçada...

Dei ao diabo os namoros. Escovado
Meu chapéu que sofrera no pagode
Dei de pernas corrido e cabisbaixo
E berrando de raiva como um bode.

Circunstância agravante. A calça inglesa
Rasgou-se no cair de meio a meio,
O sangue pelas ventas me corria
40 Em paga do amoroso devaneio!...

(Lira dos vinte anos)

---

28   **as ventas:** o nariz. (N.E.)
33   **dar ao diabo:** rejeitar; amaldiçoar. (N.E.)
35   **dar de pernas:** fugir, retirar-se rapidamente. (N.E.)

FAGUNDES VARELA

Na Fazenda Santa Rita, província do Rio de Janeiro, nasceu Luís Nicolau Fagundes Varela, em 1841. Filho de um juiz de direito, acompanhou o pai em diversas viagens de trabalho. Por isso seus estudos foram irregulares, concluídos em Petrópolis. Seguiu para São Paulo, onde iniciou o curso jurídico. Foi nessa época que se tornou alcoólatra. Aos 21 anos casou-se com uma artista de circo, com quem teve um filho, que morreu com apenas três meses de vida. Em memória dessa criança ele compôs o célebre poema "Cântico do calvário", para muitos a obra-prima do poeta, publicado no volume *Vozes da América*, em 1864. Fagundes Varela tentou concluir o curso de Direito, no Recife, mas a morte da mulher o trouxe de volta a São Paulo. Mais tarde casou-se novamente, teve filhos e passou a viver com os pais na fazenda, mas não abandonou a bebida nem a vida irregular. Morreu em 1875, de derrame cerebral.

O sabiá
Cançoneta*

1   Oh! meu sabiá formoso,
         Sonoroso,
    Já desponta a madrugada,
    Desabrocha a linda rosa
         Donairosa,
    Sobre a campina orvalhada.

    Manso o regato murmura
         Na verdura
    Descrevendo giros mil,
10 Some-se a estrela brilhante,
         Vacilante
    No horizonte cor de anil.

    Ergue-te, oh meu passarinho,
         De teu ninho,
    Vem gozar da madrugada,
    Modula teu terno canto,
         Doce encanto
    De minh'alma amargurada.

    Vem junto à minha janela,
20   Sobre a bela
    Verdejante laranjeira,
    Beber o eflúvio das flores,
         Teus amores,
    Nas asas de aura fagueira.

    Desprende a voz adorada,
         Namorada,
    Poeta da solidão,
    Ah! vem lançar com encanto

---

*   cançoneta: pequena canção sobre tema leve, espirituoso ou satírico. (N.E.)
5   donairosa: graciosa, garbosa. (N.E.)
24   aura: brisa, aragem. (N.E.)

              Mais um canto
30   No livro da criação!

      Oh! meu sabiá formoso,
              Sonoroso,
      Já desponta a madrugada;
      Deixa teu ninho altaneiro,
              Vem ligeiro
      Saudar a luz d'alvorada.

                                    (*Vozes da América*)

---
34   **altaneiro:** elevado, muito acima do solo. (N.E.)

A flor do maracujá*

Pelas rosas, pelos lírios,
Pelas abelhas, sinhá,
Pelas notas mais chorosas
Do canto do sabiá,
Pelo cálice de angústias
Da flor do maracujá!

Pelo jasmim, pelo goivo,
Pelo agreste manacá,
Pelas gotas de sereno
Nas folhas do gravatá,
Pela coroa de espinhos
Da flor do maracujá!

Pelas tranças da mãe-d'água
Que junto da fonte está,
Pelos colibris que brincam
Nas alvas plumas do ubá,
Pelos cravos desenhados
Na flor do maracujá.

Pelas azuis borboletas
Que descem do Panamá,
Pelos tesouros ocultos
Nas minas do Sincorá,
Pelas chagas roxeadas
Da flor do maracujá!

Pelo mar, pelo deserto,
Pelas montanhas, sinhá!
Pelas florestas imensas
Que falam de Jeová!

---

* **A flor do maracujá:** neste poema, são citadas diversas espécies de plantas. (N.E.)
13 **mãe-d'água:** mito indígena semelhante à sereia, meio mulher, meio peixe. (N.E.)
22 **Sincorá:** rio localizado no interior da Bahia, na região da Chapada Diamantina, que já foi rica em ouro e diamante. (N.E.)

Pela lança ensanguentada
Da flor do maracujá!

Por tudo o que o céu revela!
Por tudo o que a terra dá
Eu te juro que minh'alma
De tua alma escrava está!!...
Guarda contigo este emblema
Da flor do maracujá!

Não se enojem teus ouvidos
De tantas rimas em — a —
Mas ouve meus juramentos,
Meus cantos ouve, sinhá!
Te peço pelos mistérios
Da flor do maracujá!

(Cantos meridionais)

Poema

                Estrelas
                Singelas,
                Luzeiros
                Fagueiros,
Esplêndidos orbes, que o mundo aclarais!
Desertos e mares, — florestas vivazes!
Montanhas audazes que o céu topetais!
                Abismos
                Profundos!
                Cavernas
                Eternas!
                Extensos,
                Imensos
                Espaços
                Azuis!
                Altares e tronos,
Humildes e sábios, soberbos e grandes!
Dobrai-vos ao vulto sublime da cruz!
Só ela nos mostra da glória o caminho,
Só ela nos fala das leis de — Jesus!

(Cantos religiosos)

---

5   **orbe:** corpo celeste, astro. (N.E.)
7   **topetar:** tocar no ponto mais elevado. (N.E.)

Cântico do calvário*

(À memória de meu filho morto
a 11 de dezembro de 1863)

1   Eras na vida a pomba predileta
    Que sobre um mar de angústias conduzia
    O ramo da esperança. — Eras a estrela
    Que entre as névoas do inverno cintilava
    Apontando o caminho ao pegureiro.
    Eras a messe de um dourado estio.
    Eras o idílio de um amor sublime.
    Eras a glória, — a inspiração, — a pátria,
    O porvir de teu pai! — Ah! no entanto,
10 Pomba, — varou-te a flecha do destino!
    Astro, — engoliu-te o temporal do norte!
    Teto, caíste! — Crença, já não vives!

    Correi, correi, oh! lágrimas saudosas,
    Legado acerbo da ventura extinta,
    Dúbios archotes que a tremer clareiam
    A lousa fria de um sonhar que é morto!
    Correi! Um dia vos verei mais belas
    Que os diamantes de Ofir e de Golgonda
    Fulgurar na coroa de martírios
20 Que me circunda a fronte cismadora!
    São mortos para mim da noite os fachos,
    Mas Deus vos faz brilhar, lágrimas santas,
    E à vossa luz caminharei nos ermos!
    Estrelas do sofrer, — gotas de mágoa,

---

*   **cântico:** canto ou poema em louvor de alguém ou algo; **calvário:** local onde Cristo foi crucificado; por extensão, grande martírio ou tormento. (N.E.)
6   **messe:** safra, colheita; conquista; **estio:** verão; idade madura. (N.E.)
7   **idílio:** poema lírico de tema bucólico. (N.E.)
14 **legado:** herança; **acerbo:** amargo, áspero ao paladar; cruel, terrível. (N.E.)
15 **archote:** tocha ou vela de cera usada para iluminar um lugar escuro. (N.E.)
16 **lousa:** lápide funerária sobre a sepultura. (N.E.)
18 **Ofir:** região do Oriente, mencionada na Bíblia, rica em metais e pedras preciosas; **Golgonda:** antiga cidade da Índia, famosa por seus diamantes. (N.E.)

Brando orvalho do céu! — Sede benditas!
Oh! filho de minh'alma! Última rosa
Que neste solo ingrato vicejava!
Minha esperança amargamente doce!
Quando as garças vierem do ocidente
Buscando um novo clima onde pousarem,
Não mais te embalarei sobre os joelhos,
Nem de teus olhos no cerúleo brilho
Acharei um consolo a meus tormentos!
Não mais invocarei a musa errante
Nesses retiros onde cada folha
Era um polido espelho de esmeralda
Que refletia os fugitivos quadros
Dos suspirados tempos que se foram!
Não mais perdido em vaporosas cismas
Escutarei ao pôr do sol, nas serras,
Vibrar a trompa sonorosa e leda
Do caçador que aos lares se recolhe!

Não mais! A areia tem corrido, e o livro
De minha infanda história está completo!
Pouco tenho de andar! Um passo ainda
E o fruto de meus dias, negro, podre,
Do galho eivado rolará por terra!
Ainda um treno, e o vendaval sem freio
Ao soprar quebrará a última fibra
Da lira infausta que nas mãos sustenho!
Tornei-me o eco das tristezas todas
Que entre os homens achei! O lago escuro
Onde ao clarão dos fogos da tormenta
Miram-se as larvas fúnebres do estrago!
Por toda a parte em que arrastei meu manto
Deixei um traço fundo de agonias!...

---

27   **vicejar:** germinar, desenvolver-se. (N.E.)
44   **infanda:** nefanda, abominável, terrível. (N.E.)
47   **eivado:** contaminado, doente. (N.E.)
48   **treno:** canto fúnebre. (N.E.)

Oh! quantas horas não gastei, sentado
Sobre as costas bravias do Oceano,
Esperando que a vida se esvaísse
60 Como um floco de espuma, ou como o friso
Que deixa n'água o lenho do barqueiro!
Quantos momentos de loucura e febre
Não consumi perdido nos desertos,
Escutando os rumores das florestas,
E procurando nessas vozes torvas
Distinguir o meu cântico de morte!
Quantas noites de angústias e delírios
Não velei, entre as sombras espreitando
A passagem veloz do gênio horrendo
70 Que o mundo abate ao galopar infrene
Do selvagem corcel?... E tudo embalde!
A vida parecia ardente e douda
Agarrar-se a meu ser!... E tu tão jovem,
Tão puro ainda, ainda n'alvorada,
Ave banhada em mares de esperança,
Rosa em botão, crisálida entre luzes,
Foste o escolhido na tremenda ceifa!
Ah! quando a vez primeira em meus cabelos
Senti bater teu hálito suave;
80 Quando em meus braços te cerrei, ouvindo
Pulsar-te o coração divino ainda;
Quando fitei teus olhos sossegados,
Abismos de inocência e de candura,
E baixo e a medo murmurei: meu filho!
Meu filho! frase imensa, inexplicável,
Grata como o chorar de Madalena
Aos pés do Redentor... ah! pelas fibras
Senti rugir o vento incendiado
Desse amor infinito que eterniza

---

60 **friso:** marca que um objeto ou ser em movimento deixa na superfície da água. (N.E.)
61 **lenho:** embarcação. (N.E.)
65 **torva:** sombria, tristonha. (N.E.)
77 **tremenda ceifa:** morte (em sentido figurado, ceifa quer dizer desastre, destruição). (N.E.)
86 **Madalena:** referência ao célebre episódio bíblico em que Maria Madalena chora aos pés de Jesus crucificado. (N.E.)

O consórcio dos orbes que se enredam
Dos mistérios do ser na teia augusta!
Que prende o céu à terra e a terra aos anjos!
Que se expande em torrentes inefáveis
Do seio imaculado de Maria!
Cegou-me tanta luz! Errei, fui homem!
E de meu erro a punição cruenta
Na mesma glória que elevou-me aos astros,
Chorando aos pés da cruz, hoje padeço!

O som da orquestra, o retumbar dos bronzes,
A voz mentida de rafeiros bardos,
Torpe alegria que circunda os berços
Quando a opulência doura-lhes as bordas,
Não te saudaram ao sorrir primeiro,
Clícia mimosa rebentada à sombra!
Mas ah! se pompas, esplendor faltaram-te,
Tiveste mais que os príncipes da terra!
Templos, altares de afeição sem termos!
Mundos de sentimento e de magia!
Cantos ditados pelo próprio Deus!
Oh! quantos reis que a humanidade aviltam,
E o gênio esmagam dos soberbos tronos,
Trocariam a púrpura romana
Por um verso, uma nota, um som apenas
Dos fecundos poemas que inspiraste!

Que belos sonhos! Que ilusões benditas!
Do cantor infeliz lançaste à vida,
Arco-íris de amor! Luz da aliança,
Calma e fulgente em meio da tormenta!
Do exílio escuro a cítara chorosa
Surgiu de novo e às virações errantes

---

99 **bronze:** sino. (N.E.)
100 **mentida:** falsa, fingida; **rafeiro:** inconveniente, descabido. (N.E.)
104 **clícia:** girassol; **rebentada:** brotada. (N.E.)
112 **púrpura:** cor da vestimenta usada pelos imperadores romanos; o próprio poder imperial. (N.E.)
119 **cítara:** instrumento de cordas tocado com um tipo de palheta. (N.E.)

Lançou dilúvios de harmonia! — O gozo
Ao pranto sucedeu. As férreas horas
Em desejos alados se mudaram.
Noites fugiam, madrugadas vinham,
Mas sepultado num prazer profundo
Não te deixava o berço descuidoso,
Nem de teu rosto meu olhar tirava,
Nem de outros sonhos que dos teus vivia!

Como eras lindo! Nas rosadas faces
130 Tinhas ainda o tépido vestígio
Dos beijos divinais, — nos olhos langues
Brilhava o brando raio que acendera
A bênção do Senhor quando o deixaste!
Sobre o teu corpo a chusma dos anjinhos,
Filhos do éter e da luz, voavam,
Riam-se alegres, das caçoilas níveas
Celeste aroma te vertendo ao corpo!
E eu dizia comigo: — teu destino
Será mais belo que o cantar das fadas
140 Que dançam no arrebol, — mais triunfante
Que o sol nascente derribando ao nada
Muralhas de negrume!... Irás tão alto
Como o pássaro-rei do Novo Mundo!

Ai! doudo sonho!... Uma estação passou-se,
E tantas glórias, tão risonhos planos
Desfizeram-se em pó! O gênio escuro
Abrasou com seu facho ensanguentado
Meus soberbos castelos. A desgraça
Sentou-se em meu solar, e a soberana
150 Dos sinistros impérios de além-mundo
Com seu dedo real selou-te a fronte!

---

130 **tépido:** morno; pouco intenso. (N.E.)
131 **langue:** abatido. (N.E.)
134 **chusma:** multidão. (N.E.)
136 **caçoila:** recipiente usado para queimar substâncias aromáticas; **nívea:** branca. (N.E.)
141 **derribar:** derrubar, vencer, aniquilar. (N.E.)

Inda te vejo pelas noites minhas,
Em meus dias sem luz vejo-te ainda,
Creio-te vivo, e morto te pranteio!...

Ouço o tanger monótono dos sinos,
E cada vibração contar parece
As ilusões que murcham-se contigo!
Escuto em meio de confusas vozes,
Cheias de frases pueris, estultas,
O linho mortuário que retalham
Para envolver teu corpo! Vejo esparsas
Saudades e perpétuas, — sinto o aroma
Do incenso das igrejas, — ouço os cantos
Dos ministros de Deus que me repetem
Que não és mais da terra!... E choro embalde.

Mas não! Tu dormes no infinito seio
Do Criador dos seres! Tu me falas
Na voz dos ventos, no chorar das aves,
Talvez das ondas no respiro flébil!
Tu me contemplas lá do céu, quem sabe,
No vulto solitário de uma estrela.
E são teus raios que meu estro aquecem!
Pois bem! Mostra-me as voltas do caminho!
Brilha e fulgura no azulado manto,
Mas não te arrojes, lágrima da noite,
Nas ondas nebulosas do ocidente!
Brilha e fulgura! Quando a morte fria
Sobre mim sacudir o pó das asas,
Escada de Jacó serão teus raios
Por onde asinha subirá minh'alma.

(Cantos e fantasias)

---

159 **estulta:** insensata, estúpida. (N.E.)
169 **flébil:** choroso, plangente; enfraquecido, frágil. (N.E.)
172 **estro:** entusiasmo artístico, desejo de criar. (N.E.)
175 **arrojar-se:** atirar-se, precipitar-se. (N.E.)
179 **Jacó:** personagem bíblico que, em sonhos, teria visto uma escada ligando a terra e o céu. (N.E.)
180 **asinha:** depressa, em breve. (N.E.)

BERNARDO GUIMARÃES

Bernardo Joaquim da Silva Guimarães nasceu em 1825, em Ouro Preto, Minas Gerais. Concluídos os estudos elementares e secundários, matriculou-se no curso de Direito, em São Paulo, e viveu a boemia dos acadêmicos. Publicou em 1852 seu primeiro livro de poemas, *Cantos da solidão*. Bacharelou-se dois anos depois e exerceu diversas atividades profissionais. Em 1869, estreou no romance com a publicação de *O ermitão de Muquém*, gênero em que obteve grande sucesso literário, chegando a ser homenageado por dom Pedro II. Morreu em 1884, em sua terra natal.

A orgia dos duendes*

I

Meia-noite soou na floresta
No relógio de sino de pau;
E a velhinha, rainha da festa,
Se assentou sobre o grande jirau.

Lobisome apanhava os gravetos
E a fogueira no chão acendia,
Revirando os compridos espetos,
Para a ceia de grande folia.

Junto dele um vermelho diabo
Que saíra do antro das focas,
Pendurado num pau pelo rabo,
No borralho torrava pipocas.

Taturana, uma bruxa amarela,
Resmungando com ar carrancudo,
Se ocupava em frigir na panela
Um menino com tripas e tudo.

Getirana com todo o sossego
A caldeira da sopa adubava
Com o sangue de um velho morcego,
Que ali mesmo co'as unhas sangrava.

Mamangava frigia nas banhas
Que tirou do cachaço de um frade,
Adubado com pernas de aranhas,
Fresco lombo de um frei dom abade.

---

* **orgia:** ritual ou festividade em que se praticam atos libertinos; **duendes:** a palavra *duende* designa entidades lendárias da Europa; neste poema, o sentido é mais genérico, e os seres evocados pertencem ao imaginário brasileiro do século XIX. (N.E.)
4   **jirau:** armação ou palanque de madeira. (N.E.)
12 **borralho:** cinzas quentes com alguma brasa; lareira. (N.E.)
22 **cachaço:** toutiço, parte de trás do pescoço. (N.E.)

Vento sul sobiou na cumbuca,
Galo-preto na cinza espojou;
Por três vezes zumbiu a mutuca,
No cupim o macuco piou.

E a rainha co'as mãos ressequidas
O sinal por três vezes foi dando,
A coorte das almas perdidas
Desta sorte ao batuque chamando:

"Vinde, ó filhas do oco do pau,
Lagartixas do rabo vermelho,
Vinde, vinde tocar marimbau,
Que hoje é festa de grande aparelho.

Raparigas do monte das cobras,
Que fazeis lá no fundo da brenha?
Do sepulcro trazei-me as abobras,
E do inferno os meus feixes de lenha.

Ide já procurar-me a bandurra
Que me deu minha tia Marselha,
E que aos ventos da noite sussurra,
Pendurada no arco-da-velha.

Onde estás, que inda aqui não te vejo,
Esqueleto gamenho e gentil?
Eu quisera acordar-te c'um beijo
Lá no teu tenebroso covil.

---

26   **espojar:** deitar-se e rolar no chão. (N.E.)
27   **mutuca:** espécie de inseto médio, de picada dolorosa. (N.E.)
28   **macuco:** ave acinzentada, hoje ameaçada de extinção. (N.E.)
32   **desta sorte:** dessa maneira. (N.E.)
36   **aparelho:** animação, entusiasmo. (N.E.)
38   **brenha:** selva, matagal. (N.E.)
39   **abobra:** abóbora. (N.E.)
41   **bandurra:** tipo de instrumento de cordas. (N.E.)
46   **gamenho:** elegante; malandro. (N.E.)

Galo-preto da torre da morte,
Que te aninhas em leito de brasas,
Vem agora esquecer tua sorte,
Vem-me em torno arrastar tuas asas.

Sapo-inchado, que moras na cova
Onde a mão do defunto enterrei,
Tu não sabes que hoje é lua nova,
Que é o dia das danças da lei?

Tu também, ó gentil Crocodilo,
Não deplores o suco das uvas;
Vem beber excelente restilo
Que eu do pranto extraí das viúvas.

Lobisome, que fazes, meu bem,
Que não vens ao sagrado batuque?
Como tratas com tanto desdém,
Quem a c'roa te deu de grão-duque?"

II
Mil duendes dos antros saíram
Batucando e batendo matracas,
E mil bruxas uivando surgiram,
Cavalgando em compridas estacas.

Três diabos vestidos de roxo
Se assentaram aos pés da rainha,
E um deles, que tinha o pé coxo,
Começou a tocar campainha.

Campainha, que toca, é caveira
Com badalo de casco de burro,
Que no meio da selva agoureira
Vai fazendo medonho sussurro.

---
58   **deplorar:** lamentar. (N.E.)
59   **restilo:** aguardente. (N.E.)

Capetinhas trepados nos galhos
Com o rabo enrolado no pau,
Uns agitam sonoros chocalhos,
Outros põem-se a tocar marimbau.

Crocodilo roncava no papo
Com ruído de grande fragor;
E na inchada barriga de um sapo
Esqueleto tocava tambor.

Da carcaça de um seco defunto
E das tripas de um velho barão,
De uma bruxa engenhosa o bestunto
Armou logo feroz rabecão.

Assentado nos pés da rainha
Lobisome batia a batuta
Co'a canela de um frade, que tinha
Inda um pouco de carne corruta.

Já ressoam timbales e rufos,
Ferve a dança do cateretê;
Taturana, batendo os adufos,
Sapateia cantando — o le rê!

Getirana, bruxinha tarasca,
Arranhando fanhosa bandurra,
Com tremenda embigada descasca
A barriga do velho Caturra.

O Caturra era um sapo papudo
Com dous chifres vermelhos na testa,

---

82 **fragor:** estrondo. (N.E.)
87 **bestunto:** cabeça; inteligência. (N.E.)
88 **rabecão:** instrumento musical semelhante ao contrabaixo. (N.E.)
92 **corruta:** podre. (N.E.)
94 **cateretê:** canto e dança rural, com origem em tradições africanas e indígenas. (N.E.)
95 **adufo:** pandeiro quadrado de origem árabe. (N.E.)
97 **tarasca:** áspera, violenta. (N.E.)

E era ele, a despeito de tudo,
O rapaz mais patusco da festa.

Já no meio da roda zurrando
Aparece a Mula sem cabeça,
Bate palmas, a súcia berrando
—Viva, viva a Sra. condessa!...

E dançando em redor da fogueira
Vão girando, girando sem fim;
Cada qual uma estrofe agoureira
Vão cantando alternados assim:

III
Taturana
Dos prazeres de amor as primícias,
De meu pai entre os braços gozei;
E de amor as extremas delícias
Deu-me um filho, que dele gerei.

Mas se minha fraqueza foi tanta,
De um convento fui freira professa;
Onde morte morri de uma santa;
Vejam lá, que tal foi esta peça.

Getirana
Por conselhos de um cônego abade
Dous maridos na cova soquei;
E depois por amores de um frade
Ao suplício o abade arrastei.

Os amantes, a quem despojei,
Conduzi das desgraças ao cúmulo,
E alguns filhos, por artes que sei,
Me caíram do ventre no túmulo.

---

104 **patusco:** brincalhão; ridículo. (N.E.)
107 **súcia:** bando; grupo de indivíduos de má índole. (N.E.)
113 **primícias:** primeiras coisas de uma série; prelúdios. (N.E.)

Galo-preto
Como frade de um santo convento
Este gordo toutiço criei;
E de lindas donzelas um certo
No altar da luxúria imolei.

Mas na vida beata de ascético
Mui contrito rezei, jejuei,
Té que um dia de ataque apoplético
Nos abismos do inferno estourei.

Esqueleto
Por fazer aos mortais crua guerra
Mil fogueiras no mundo ateei;
Quantos vivos queimei sobre a terra,
Já eu mesmo contá-los não sei.

Das severas virtudes monásticas
Dei no entanto piedosos exemplos;
E por isso cabeças fantásticas
Inda me erguem altares e templos.

Mula sem cabeça
Por um bispo eu morria de amores,
Que afinal meus extremos pagou;
Meu marido, fervendo em furores
De ciúmes, o bispo matou.

Do consórcio enjoei-me dos laços,
E ansiosa quis vê-los quebrados,
Meu marido piquei em pedaços,
E depois o comi aos bocados.

---

132 **imolar:** matar em sacrifício a uma divindade; prejudicar. (N.E.)
134 **contrito:** arrependido. (N.E.)
135 **ataque apoplético:** derrame cerebral. (N.E.)
146 **extremos:** últimos recursos. (N.E.)

Entre galas, veludo e damasco
Eu vivi, bela e nobre condessa;
E por fim entre as mãos do carrasco
Sobre um cepo perdi a cabeça.

Crocodilo
Eu fui papa; e aos meus inimigos
Para o inferno mandei c'um aceno;
E também por servir aos amigos
160   Té nas hóstias botava veneno.

De princesas cruéis e devassas
Fui na terra constante patrono;
Por gozar de seus mimos e graças
Opiei aos maridos sem sono.

Eu na terra vigário de Cristo,
Que nas mãos tinha a chave do céu,
Eis que um dia de um golpe imprevisto
Nos infernos caí de boléu.

Lobisome
Eu fui rei, e aos vassalos fiéis
170   Por chalaça mandava enforcar;
E sabia por modos cruéis
As esposas e filhas roubar.

Do meu reino e de minhas cidades
O talento e a virtude enxotei;
De michelas, carrascos e frades,
De meu trono os degraus rodeei.

---

153   **veludo e damasco**: tipos nobres de tecido. (N.E.)
162   **patrono**: padroeiro; protetor, defensor. (N.E.)
164   **opiar**: envenenar, entorpecer. (N.E.)
168   **de boléu**: de repente, de modo imprevisto. (N.E.)
170   **chalaça**: capricho, zombaria, escárnio. (N.E.)
175   **michela**: prostituta. (N.E.)

Com o sangue e suor de meus povos
Diverti-me e criei esta pança,
Para enfim, urros dando e corcovos,
180 Vir ao demo servir de pitança.

Rainha
Já no ventre materno fui boa;
Minha mãe, ao nascer, eu matei;
E a meu pai por herdar-lhe a coroa
Em seu leito co'as mãos esganei.

Um irmão mais idoso que eu,
C'uma pedra amarrada ao pescoço,
Atirado às ocultas morreu
Afogado no fundo de um poço.

Em marido nenhum achei jeito;
190 Ao primeiro, o qual tinha ciúmes,
Uma noite co'as colchas do leito
Abafei para sempre os queixumes.

Ao segundo, da torre do paço
Despenhei por me ser desleal;
Ao terceiro por fim num abraço
Pelas costas cravei-lhe um punhal.

Entre a turba de meus servidores
Recrutei meus amantes de um dia;
Quem gozava meus régios favores
200 Nos abismos do mar se sumia.

No banquete infernal da luxúria
Quantos vasos aos lábios chegava,
Satisfeita aos desejos a fúria,
Sem piedade depois os quebrava.

---

179 **corcovo:** salto. (N.E.)
180 **pitança:** alimento. (N.E.)
193 **paço:** palácio. (N.E.)

Quem pratica proezas tamanhas
Cá não veio por fraca e mesquinha,
E merece por suas façanhas
Inda mesmo entre vós ser rainha.

IV
Do batuque infernal, que não finda,
Turbilhona o fatal rodopio;
Mais veloz, mais veloz, mais ainda
Ferve a dança como um corrupio.

Mas eis que no mais quente da festa
Um rebenque estalando se ouviu,
Galopando através da floresta
Magro espectro sinistro surgiu.

Hediondo esqueleto aos arrancos
Chocalhava nas abas da sela;
Era a Morte, que vinha de tranco
Amontada numa égua amarela.

O terrível rebenque zunindo
A nojenta canalha enxotava;
E à esquerda e à direita zurzindo
Com voz rouca desta arte bradava:

"Fora, fora! esqueletos poentos,
Lobisomes, e bruxas mirradas!
Para a cova esses ossos nojentos!
Para o inferno essas almas danadas!"

Um estouro rebenta nas selvas,
Que recendem com cheiro de enxofre;
E na terra por baixo das relvas
Toda a súcia sumiu-se de chofre.

---
214 **rebenque:** pequeno chicote usado para tocar a montaria. (N.E.)
223 **zurzir:** chicotear, açoitar; afugentar, espantar. (N.E.)
232 **de chofre:** de repente, subitamente. (N.E.)

V
E aos primeiros albores do dia
Nem ao menos se viam vestígios
Da nefanda, asquerosa folia,
Dessa noite de horrendos prodígios.

E nos ramos saltavam as aves
Gorjeando canoros queixumes,
E brincavam as auras suaves
Entre as flores colhendo perfumes.

E na sombra daquele arvoredo,
Que inda há pouco viu tantos horrores,
Passeando sozinha e sem medo
Linda virgem cismava de amores.

(Poesias completas)

---

239   **aura**: brisa. (N.E.)

CASTRO ALVES

Filho de abastado médico e fazendeiro, Antônio Frederico de Castro Alves nasceu em 1847 na localidade baiana de Curralinho — hoje Castro Alves. Concluídos os estudos secundários, ingressou no curso de Direito no Recife. Participou da campanha abolicionista, que até então estava restrita aos meios estudantis. Com isso, cresceu seu renome como poeta. Apaixonado pela atriz Eugênia Câmara, escreveu o drama *Gonzaga ou A revolução de Minas*, brevemente encenado, com algum sucesso. Mais tarde, no Rio, foi saudado por Machado de Assis, após recomendação entusiástica de José de Alencar, então considerado o "chefe das letras pátrias". Matriculou-se depois no curso de Direito em São Paulo, onde teve Rui Barbosa e Joaquim Nabuco como colegas. Numa caçada, feriu acidentalmente o pé com um tiro, tendo de amputá-lo pouco mais tarde, numa cirurgia realizada na Bahia. Debilitado também pela tuberculose, veio a morrer aos 24 anos, depois de ter publicado *Espumas flutuantes*.

O gondoleiro do amor*
Barcarola

Dama negra
Teus olhos são negros, negros,
Como as noites sem luar...
São ardentes, são profundos,
Como o negrume do mar;

Sobre o barco dos amores,
Da vida boiando à flor,
Douram teus olhos a fronte
Do Gondoleiro do amor.

Tua voz é a cavatina
Dos palácios de Sorrento.
Quando a praia beija a vaga,
Quando a vaga beija o vento;

E como em noites de Itália,
Ama um canto o pescador,
Bebe a harmonia em teus cantos
O Gondoleiro do amor.

Teu sorriso é uma aurora,
Que o horizonte enrubesceu,
— Rosa aberta com biquinho
Das aves rubras do céu.

Nas tempestades da vida
Das rajadas no furor,
Foi-se a noite, tem auroras
O Gondoleiro do amor.

---

* **gondoleiro:** condutor de gôndola, pequeno barco a remo muito comum nos canais de Veneza, na Itália. As barcarolas são canções típicas dos gondoleiros. (N.E.)
9 **cavatina:** pequena canção simples para apenas uma voz. (N.E.)
10 **Sorrento:** cidade histórica no sul da Itália. (N.E.)
11 **vaga:** onda. (N.E.)

Teu seio é vaga dourada
Ao tíbio clarão da lua,
Que, ao murmúrio das volúpias,
Arqueja, palpita nua;

Como é doce, em pensamento,
30 Do teu colo no languor
Vogar, naufragar, perder-se
O Gondoleiro do amor!?...

Teu amor na treva é — um astro,
No silêncio uma canção,
É brisa — nas calmarias,
É abrigo — no tufão;

Por isso eu te amo, querida,
Quer no prazer, quer na dor,...
Rosa! Canto! Sombra! Estrela!
40 Do Gondoleiro do amor.

Recife — janeiro de 1867
(Espumas flutuantes)

---

26   **tíbio:** fraco, pouco intenso. (N.E.)
30   **languor:** langor, moleza, prostração. (N.E.)
31   **vogar:** flutuar, deslizar. (N.E.)

Durante um temporal

1   Vai funda a tempestade no infinito,
    Ruge o ciclone túmido e feroz...
    Uiva a jaula dos tigres da procela
            — Eu sonho tua voz —

    Cruzam as nuvens refulgentes, negras,
    Na mão do vento em desgrenhados elos...
    Eu vejo sobre a seda do corpete
            Teus lúbricos cabelos...

    Do relâmpago a luz rasga até o fundo
10 Os abismos intérminos do ar...
    Eu sonho o firmamento de tua alma,
            À luz de teu olhar...

    Sobre o peito das vagas arquejantes
    Borrifa a espuma em ósculos o espaço...
    Eu — penso ver arfando, alvinitentes,
            As rendas no regaço.

    A terra treme... As folhas descaídas
    Rangem ao choque rijo do granizo
    Como acalenta um coração aflito,
20   Como é bom teu sorriso!...

    Que importa o vendaval, a noite, os euros,
    Os trovões predizendo o cataclismo...
    Se em ti pensando some-se o universo,
            E em ti somente eu cismo...

---

2   **túmido:** volumoso. (N.E.)
8   **lúbrico:** úmido; liso; sensual. (N.E.)
14 **ósculo:** em sentido figurado, leve toque ou roçar. (N.E.)
15 **alvinitente:** de cor branca e brilhante. (N.E.)
16 **regaço:** colo. (N.E.)
21 **euro:** vento que sopra do oriente. (N.E.)
22 **cataclismo:** catástrofe; dilúvio. (N.E.)

Tu és a minha vida... o ar que aspiro...
Não há tormentas quando estás em calma.
Para mim só há raios em teus olhos,
　　　Procelas em tua alma!

　　　　　　　　　　　Às 7 horas da noite de 2 de março de 1871
　　　　　　　　　　　　　　　　　(Hinos do Equador)

Adormecida

> Ses longs cheveux épars la couvrent tout entière.
> La croix de son collier repose dans sa main,
> Comme pour témoigner qu'elle a fait sa prière,
> Et qu'elle va la faire en s'éveillant demain.
> A. DE MUSSET*

1   Uma noite, eu me lembro... Ela dormia
    Numa rede encostada molemente...
    Quase aberto o roupão... solto o cabelo
    E o pé descalço do tapete rente.

    'Stava aberta a janela. Um cheiro agreste
    Exalavam as silvas da campina...
    E ao longe, num pedaço do horizonte,
    Via-se a noite plácida e divina.

    De um jasmineiro os galhos encurvados,
10 Indiscretos entravam pela sala,
    E de leve oscilando ao tom das auras,
    Iam na face trêmulos — beijá-la.

    Era um quadro celeste!... A cada afago
    Mesmo em sonhos a moça estremecia...
    Quando ela serenava... a flor beijava-a...
    Quando ela ia beijar-lhe... a flor fugia...

    Dir-se-ia que naquele doce instante
    Brincavam duas cândidas crianças...
    A brisa, que agitava as folhas verdes,
20 Fazia-lhe ondear as negras tranças!

---

* **Ses longs cheveux [...]**: do francês, "Seus longos cabelos esparsos a cobrem por inteiro. / A cruz de seu colar repousa em sua mão, / Como a testemunhar que ela fez sua prece, / E que ela a fará ao levantar-se amanhã". A epígrafe é do poeta Alfred de Musset (1810-1857), expoente do romantismo francês. (N.E.)

5   **agreste**: silvestre, rústico. (N.E.)
6   **silva**: mata. (N.E.)

E o ramo ora chegava ora afastava-se...
Mas quando a via despeitada a meio,
P'ra não zangá-la... sacudia alegre
Uma chuva de pétalas no seio...

Eu, fitando esta cena, repetia
Naquela noite lânguida e sentida:
"Ó flor! — tu és a virgem das campinas!
Virgem! — tu és a flor de minha vida!..."

São Paulo — *novembro de 1868*
(*Espumas flutuantes*)

---

22 **despeitada:** ressentida, chateada. (N.E.)

Vozes d'África

Deus! ó Deus! onde estás que não respondes!
Em que mundo, em qu'estrela tu t'escondes
    Embuçado nos céus?
Há dous mil anos te mandei meu grito,
Que embalde, desde então, corre o infinito...
    Onde estás, Senhor Deus?...

Qual Prometeu, tu me amarraste um dia
Do deserto na rubra penedia,
    Infinito galé!...
Por abutre — me deste o sol ardente!
E a terra de Suez — foi a corrente
    Que me ligaste ao pé...

O cavalo estafado do Beduíno
Sob a vergasta tomba ressupino,
    E morre no areal.
Minha garupa sangra, a dor poreja,
Quando o chicote do simum dardeja
    O teu braço eternal.

Minhas irmãs são belas, são ditosas...
Dorme a Ásia nas sombras voluptuosas
    Dos haréns do Sultão,
Ou no dorso dos brancos elefantes
Embala-se coberta de brilhantes,
    Nas plagas do Indostão.

---

3   **embuçado:** escondido. (N.E.)
7   **Prometeu:** semideus da mitologia grega que, por roubar o fogo dos deuses e entregá-lo aos homens, foi acorrentado num rochedo, onde um abutre lhe devora permanentemente o fígado. (N.E.)
8   **penedia:** rochedo que forma um penhasco à beira do mar. (N.E.)
9   **galé:** prisioneiro. (N.E.)
11   **Suez:** região do Egito que liga a África à Ásia. (N.E.)
14   **vergasta:** chicote, chibata. (N.E.)
16   **garupa:** parte superior dos animais de montaria; **porejar:** sair pelos poros; gotejar. (N.E.)
17   **simum:** vento quente que sopra do centro da África em direção ao norte. (N.E.)
24   **plagas:** terras. (N.E.)

Por tenda — tem os cimos do Himalaia...
O Ganges amoroso beija a praia
      Coberta de corais...
A brisa de Misora o céu inflama;
E ela dorme nos templos do deus Brama,
      Pagodes colossais...

A Europa — é sempre Europa, a gloriosa!...
A mulher deslumbrante e caprichosa,
      Rainha e cortesã.
Artista — corta o mármor de Carrara;
Poetisa — tange os hinos de Ferrara,
      No glorioso afã!...

Sempre a láurea lhe cabe no litígio...
Ora uma c'roa, ora o barrete frígio
      Enflora-lhe a cerviz,
O Universo após ela — doudo amante
Segue cativo o passo delirante
      Da grande meretriz.

Mas eu, Senhor!... Eu triste, abandonada
Em meio dos desertos desgarrada,
      Perdida marcho em vão!
Se choro... bebe o pranto a areia ardente!
Talvez... p'ra que meu pranto, ó Deus clemente,
      Não descubras no chão!...

E nem tenho uma sombra de floresta...
Para cobrir-me nem um templo resta
      No solo abrasador...

---

28 **Misora:** região no sul da Índia. (N.E.)
29 **Brama:** uma das três divindades supremas do hinduísmo, considerado a força criadora do universo. (N.E.)
34 **Carrara:** cidade italiana famosa pela produção de mármore. (N.E.)
35 **Ferrara:** cidade italiana que foi um importante centro cultural no século XVI. (N.E.)
37 **láurea:** coroa de louros; prêmio, elogio, homenagem; **litígio:** conflito. (N.E.)
38 **barrete frígio:** espécie de touca usada na França após a Revolução; simboliza a República, em oposição à coroa, que representa a monarquia. (N.E.)

Quando subo às pirâmides do Egito,
Embalde aos quatro céus chorando grito:
    "Abriga-me, Senhor!..."

Como o profeta em cinza a fronte envolve,
Velo a cabeça no areal, que volve
    O siroco feroz...
Quando eu passo no Saara amortalhada...
Ai! dizem: "Lá vai África embuçada
    No seu branco albornoz..."

Nem veem que o deserto é meu sudário,
Que o silêncio campeia solitário
    Por sobre o peito meu.
Lá no solo, onde o cardo apenas medra,
Boceja a Esfinge colossal de pedra,
    Fitando o morno céu.

De Tebas nas colunas derrocadas
As cegonhas espiam debruçadas
    O horizonte sem fim...
Onde branqueja a caravana errante
E o camelo monótono, arquejante,
    Que desce de Efraim...

Não basta inda de dor, ó Deus terrível?!
É pois teu peito eterno, inexaurível
    De vingança e rancor?
E que é que fiz, Senhor? que torvo crime
Eu cometi jamais, que assim me oprime
    Teu gládio vingador?!

---

57   **siroco**: vento quente e seco que sopra do deserto do Saara, na África, em direção ao mar Mediterrâneo. (N.E.)
60   **albornoz**: manto de lã com capuz, usado sobretudo pelos árabes. (N.E.)
64   **cardo**: planta típica de regiões rochosas e quentes; **medrar**: crescer, prosperar. (N.E.)
72   **Efraim**: região fértil no centro da Palestina, onde acredita-se ter vivido uma das doze tribos de Israel, descendente do personagem bíblico Efraim. (N.E.)
78   **gládio**: espada; por extensão, poder. (N.E.)

Foi depois do dilúvio... Um viandante,
Negro, sombrio, pálido, arquejante,
  Descia do Ararat...
E eu disse ao peregrino fulminado:
"Cam!... serás meu esposo bem-amado...
  Serei tua Eloá..."

Desde este dia o vento da desgraça
Por meus cabelos, ululando, passa
  O anátema cruel.
As tribos erram do areal nas vagas,
E o Nômada faminto corta as plagas
  No rápido corcel.

Vi a ciência desertar do Egito...
Vi meu povo seguir — Judeu maldito —
  Filho da perdição.
Depois vi minha prole desgraçada,
Pelas garras d'Europa arrebatada,
  — Amestrado falcão.

Cristo! embalde morreste sobre um monte...
Teu sangue não lavou da minha fronte
  A mancha original.
Ainda hoje são, por fado adverso,
Meus filhos — alimária do universo,
  Eu — pasto universal.

Hoje em meu sangue a América se nutre:
— Condor, que transformara-se em abutre,
  Ave da escravidão.
Ela juntou-se às mais... irmã traidora!

---

81 **Ararat:** monte onde, segundo a Bíblia, foi parar a arca de Noé depois do dilúvio. (N.E.)
83 **Cam:** filho de Noé que com a esposa, Eloá, teria sido o ancestral do povo negro. (N.E.)
87 **anátema:** maldição. (N.E.)
92 **Judeu maldito:** alusão ao Judeu Errante, personagem bíblico que, havendo negado ajuda a Jesus em sua subida ao monte Gólgota, teria sido condenado por Deus a não morrer e a vagar pelo mundo. (N.E.)
101 **alimária:** besta de carga. (N.E.)

Qual de José os vis irmãos, outrora,
　　Venderam seu irmão!

Basta, Senhor! De teu potente braço
Role através dos astros e do espaço
　　Perdão p'ra os crimes meus!
Há dous mil anos eu soluço um grito...
Escuta o brado meu lá no infinito,
　　Meu Deus! Senhor, meu Deus!!...

São Paulo — 11 *de junho de* 1868
(Os escravos)

107　**José**: personagem bíblico que, por tornar-se o favorito da mãe, era odiado pelos irmãos que, por vingança, atacam-no e o vendem aos ismaelitas. (N.E.)

O navio negreiro
Tragédia no mar

I
'Stamos em pleno mar... Doudo no espaço
Brinca o luar — dourada borboleta;
E as vagas após ele correm... cansam
Como turba de infantes inquieta.

'Stamos em pleno mar... Do firmamento
Os astros saltam como espumas de ouro...
O mar em troca acende as ardentias,
— Constelações do líquido tesouro...

'Stamos em pleno mar... Dois infinitos
Ali se estreitam num abraço insano,
Azuis, dourados, plácidos, sublimes...
Qual dos dous é o céu? qual o oceano?...

'Stamos em pleno mar... Abrindo as velas
Ao quente arfar das virações marinhas,
Veleiro brigue corre à flor dos mares,
Como roçam na vaga as andorinhas...

Donde vem? onde vai? Das naus errantes
Quem sabe o rumo se é tão grande o espaço?
Neste saara os corcéis o pó levantam,
Galopam, voam, mas não deixam traço.

Bem feliz quem ali pode nest'hora
Sentir deste painel a majestade!...
Embaixo — o mar... em cima — o firmamento...
E no mar e no céu — a imensidade!

Oh! que doce harmonia traz-me a brisa!
Que música suave ao longe soa!

---

15 **brigue**: tipo de navio de dois mastros. (N.E.)
19 **saara**: palavra de origem árabe que significa "deserto". (N.E.)

Meu Deus! como é sublime um canto ardente
Pelas vagas sem fim boiando à toa!

Homens do mar! Ó rudes marinheiros,
Tostados pelo sol dos quatro mundos!
Crianças que a procela acalentara
No berço destes pélagos profundos!

Esperai!... esperai!... deixai que eu beba
Esta selvagem, livre poesia...
Orquestra — é o mar, que ruge pela proa,
E o vento, que nas cordas assobia...

Por que foges assim, barco ligeiro?
Por que foges do pávido poeta?
Oh! quem me dera acompanhar-te a esteira
Que semelha no mar — doudo cometa!

Albatroz! Albatroz! águia do oceano,
Tu que dormes das nuvens entre as gazas,
Sacode as penas, Leviatã do espaço,
Albatroz! Albatroz! dá-me estas asas.

II
Que importa do nauta o berço,
Donde é filho, qual seu lar?
Ama a cadência do verso
Que lhe ensina o velho mar!
Cantai! que a morte é divina!
Resvala o brigue à bolina
Como golfinho veloz.
Presa ao mastro da mezena
Saudosa bandeira acena
Às vagas que deixa após.

---

42 **gaza**: o mesmo que gaze, tecido de algodão ou seda, de trama aberta. (N.E.)
43 **Leviatã**: monstro aquático primitivo da mitologia fenícia, citado também na Bíblia. (N.E.)
50 **bolina**: manobra feita para que o barco colha o vento favorável à navegação. (N.E.)
52 **mezena**: vela quadrangular. (N.E.)

Do Espanhol as cantilenas
Requebradas de langor,
Lembram as moças morenas,
As andaluzas em flor!
Da Itália o filho indolente
Canta Veneza dormente,
— Terra de amor e traição,
Ou do golfo no regaço
Relembra os versos de Tasso,
Junto às lavas do vulcão!

O Inglês — marinheiro frio,
Que ao nascer no mar se achou,
(Porque a Inglaterra é um navio,
Que Deus na Mancha ancorou),
Rijo entoa pátrias glórias,
Lembrando, orgulhoso, histórias
De Nelson e de Abukir...
O Francês — predestinado —
Canta os louros do passado
E os loureiros do porvir!

Os marinheiros Helenos,
Que a vaga iônia criou,
Belos piratas morenos
Do mar que Ulisses cortou,
Homens que Fídias talhara,
Vão cantando em noite clara
Versos que Homero gemeu...
Nautas de todas as plagas,
Vós sabeis achar nas vagas
As melodias do céu!...

---

55 **cantilena:** canção curta de tema simples. (N.E.)
56 **langor:** doçura; voluptuosidade. (N.E.)
63 **Tasso:** referência ao poeta renascentista italiano Torquato Tasso (1544-1595). (N.E.)
71 **Nelson:** almirante inglês (1758-1805) que se tornou famoso ao derrotar a esquadra francesa em Abukir, no norte do Egito. (N.E.)
79 **Fídias:** o mais famoso escultor grego da Antiguidade (c. 490-c. 430). (N.E.)

III

Desce do espaço imenso, ó águia do oceano!
Desce mais... inda mais... não pode olhar humano
Como o teu mergulhar no brigue voador!
Mas que vejo eu aí... Que quadro d'amarguras!
É canto funeral!... Que tétricas figuras!...
Que cena infame e vil... Meu Deus! meu Deus! Que horror!

IV

Era um sonho dantesco... o tombadilho
Que das luzernas avermelha o brilho,
    Em sangue a se banhar.
Tinir de ferros... estalar de açoite...
Legiões de homens negros como a noite,
    Horrendos a dançar...

Negras mulheres, suspendendo às tetas
Magras crianças, cujas bocas pretas
    Rega o sangue das mães:
Outras moças, mas nuas e espantadas,
No turbilhão de espectros arrastadas,
    Em ânsia e mágoa vãs!

E ri-se a orquestra irônica, estridente...
E da ronda fantástica a serpente
    Faz doudas espirais...
Se o velho arqueja, se no chão resvala,
Ouvem-se gritos... o chicote estala.
    E voam mais e mais...

Presa nos elos de uma só cadeia,
A multidão faminta cambaleia,
    E chora e dança ali!
Um de raiva delira, outro enlouquece,

---

89   **tétrica:** fúnebre, terrível. (N.E.)
91   **dantesco:** relativo ao inferno de Dante Alighieri (ver a nota da página 97); **tombadilho:** elevação na popa do navio. (N.E.)
92   **luzerna:** candeeiro, lampião. (N.E.)
106 **resvalar:** deslizar, cair. (N.E.)

Outro, que martírios embrutece,
        Cantando, geme e ri!

No entanto o capitão manda a manobra,
E após fitando o céu que se desdobra,
        Tão puro sobre o mar,
Diz do fumo entre os densos nevoeiros:
"Vibrai rijo o chicote, marinheiros!
        Fazei-os mais dançar!..."

E ri-se a orquestra irônica, estridente...
E da ronda fantástica a serpente
        Faz doudas espirais...
Qual um sonho dantesco as sombras voam!...
Gritos, ais, maldições, preces ressoam!
        E ri-se Satanás!...

V
Senhor Deus dos desgraçados!
Dizei-me vós, Senhor Deus!
Se é loucura... se é verdade
Tanto horror perante os céus?!
Ó mar, por que não apagas
Co'a esponja de tuas vagas
De teu manto este borrão?...
Astros! noites! tempestades!
Rolai das imensidades!
Varrei os mares, tufão!

Quem são estes desgraçados
Que não encontram em vós
Mais que o rir calmo da turba
Que excita a fúria do algoz?
Quem são? Se a estrela se cala,
Se a vaga à pressa resvala
Como um cúmplice fugaz,
Perante a noite confusa...
Dize-o tu, severa Musa,
Musa libérrima, audaz!...

São os filhos do deserto,
Onde a terra esposa a luz.
Onde vive em campo aberto
A tribo dos homens nus...
São os guerreiros ousados
Que com os tigres mosqueados
Combatem na solidão.
Ontem simples, fortes, bravos...
Hoje míseros escravos,
Sem luz, sem ar, sem razão...

São mulheres desgraçadas,
Como Agar o foi também.
Que sedentas, alquebradas,
De longe... bem longe vêm...
Trazendo com tíbios passos,
Filhos e algemas nos braços,
N'alma — lágrimas e fel...
Como Agar sofrendo tanto,
Que nem o leite de pranto
Têm que dar para Ismael.

Lá nas areias infindas,
Das palmeiras no país,
Nasceram — crianças lindas,
Viveram — moças gentis...
Passa um dia a caravana,
Quando a virgem na cabana
Cisma da noite nos véus...
...Adeus, ó choça do monte,
...Adeus, palmeiras da fonte!...
...Adeus, amores... adeus!...

---

152 **mosqueado:** que possui pequenas manchas ou pintas escuras. (N.E.)
158 **Agar:** na Bíblia, escrava egípcia com a qual Abraão teve um filho, Ismael, com o consentimento da esposa, Sara. Esta, depois de também conceber um filho de Abraão, expulsou Agar e Ismael para o deserto. (N.E.)
159 **alquebrada:** cansada, abatida. (N.E.)

Depois, o areal extenso...
Depois, o oceano de pó.
Depois no horizonte imenso
Desertos... desertos só...
E a fome, o cansaço, a sede...
Ai! quanto infeliz que cede,
E cai p'ra não mais s'erguer!...
Vaga um lugar na cadeia,
Mas o chacal sobre a areia
Acha um corpo que roer.

Ontem a Serra Leoa,
A guerra, a caça ao leão,
O sono dormido à toa
Sob as tendas d'amplidão!
Hoje... o porão negro, fundo,
Infecto, apertado, imundo,
Tendo a peste por jaguar...
E o sono sempre cortado
Pelo arranco de um finado,
E o baque de um corpo ao mar...

Ontem plena liberdade,
A vontade por poder...
Hoje... cúm'lo de maldade,
Nem são livres p'ra morrer...
Prende-os a mesma corrente
— Férrea, lúgubre serpente —
Nas roscas da escravidão.
E assim zombando da morte,
Dança a lúgubre coorte
Ao som do açoute... Irrisão!...

Senhor Deus dos desgraçados!
Dizei-me vós, Senhor Deus,

---

190 **as tendas d'amplidão:** a imensidão do céu. (N.E.)
205 **lúgubre:** macabra, medonha. (N.E.)
206 **irrisão:** escárnio, zombaria. (N.E.)

Se eu deliro... ou se é verdade
Tanto horror perante os céus?!...
Ó mar, por que não apagas
Co'a esponja de tuas vagas
Do teu manto este borrão?
Astros! noites! tempestades!
Rolai das imensidades!
Varrei os mares, tufão!...

VI
Existe um povo que a bandeira empresta
P'ra cobrir tanta infâmia e cobardia!...
E deixa-a transformar-se nessa festa
Em manto impuro de bacante fria!...
Meu Deus! meu Deus! mas que bandeira é esta,
Que impudente na gávea tripudia?
Silêncio. Musa... chora, e chora tanto
Que o pavilhão se lave no teu pranto!...

Auriverde pendão de minha terra,
Que a brisa do Brasil beija e balança,
Estandarte que a luz do sol encerra
E as promessas divinas da esperança...
Tu que, da liberdade após a guerra,
Foste hasteado dos heróis na lança
Antes te houvessem roto na batalha,
Que servires a um povo de mortalha!...

Fatalidade atroz que a mente esmaga!
Extingue nesta hora o brigue imundo
O trilho que Colombo abriu nas vagas,
Como um íris no pélago profundo!

---

220 **bacante:** sacerdotisa do culto de Baco, deus do vinho e dos excessos; por extensão, mulher depravada, licenciosa. (N.E.)
222 **impudente:** despudorada, descarada; **tripudiar:** comemorar uma vitória escarnecendo dos derrotados. (N.E.)
224 **pavilhão:** bandeira ou qualquer outro símbolo nacional. (N.E.)
225 **pendão:** bandeira. (N.E.)
236 **íris:** o mesmo que arco-íris. (N.E.)

Mas é infâmia demais!... Da etérea plaga
Levantai-vos, heróis do Novo Mundo!
Andrada! arranca esse pendão dos ares!
240 Colombo! fecha a porta dos teus mares!

São Paulo — *18 de abril de 1868*
(Os escravos)

---

239 **Andrada:** referência a José Bonifácio de Andrada e Silva (1763-1838), considerado o patriarca da Independência. (N.E.)

TOBIAS BARRETO

Tobias Barreto de Meneses nasceu em Sergipe, em 1838. Mestiço, filho de um escrivão pobre, iniciou os estudos com professores particulares, em sua província natal. Aos 15 anos já era professor de latim em Itabaiana. Na Bahia, influenciado pela leitura de obras de Victor Hugo, iniciou a carreira literária. No Recife, ainda estudava Direito quando produziu a maior parte de sua poesia e polemizou com Castro Alves. Grupos rivais formaram-se em torno dos dois poetas, que gastaram muita energia em "torneios poéticos" — nada significativo, no final das contas. Foi advogado, mas exerceu também outras atividades para sobreviver, e acabou por tornar-se catedrático da Faculdade de Direito do Recife. Alcançou renome como jurista, filósofo e estudioso da cultura alemã. Apesar disso, morreu na miséria e no abandono, em 1889, deixando discípulos como Graça Aranha e especialmente Sílvio Romero. Este publicou, em 1903, o volume *Dias e noites*, com os poemas de Tobias Barreto. Foi também Sílvio Romero quem mais reivindicou a primazia de Tobias Barreto na renovação das ideias no Brasil, no último quartel do século XIX.

À vista do Recife

I

É a cidade valente
Brio da altiva nação,
Soberba, ilustre, candente
Como uma imensa explosão:
De pedra, ferro e bravura,
De aurora, de formosura,
De glória, fogo e loucura...
Quem é que lhe põe a mão?

Mágoas tem que estão guardadas,
Quando as vingar é sem dó!
Raça das Romas tombadas,
Das Babilônias em pó,
Quer ter louros que reparta;
Vencer, morrer não na farta...
Grande, d'altura de 'Sparta,
Afronta o mundo ela só!...

Com os seios intumescidos
Do gérmen de muito herói,
Tem nos olhos aguerridos
Fulmínea luz que destrói.
Detesta a classe tirana,
Consigo mesma inumana,
Vê seu sangue que espadana,
Ri de raiva, e diz: não dói!...

No seu pisar progressivo
Ostenta um certo desdém;
Suspendendo o colo altivo,
Não rende preito a ninguém.

---

14 **farta:** fartura, abundância. (N.E.)
20 **fulmínea:** que possui o poder de um raio; fulminante. (N.E.)
23 **espadanar:** jorrar. (N.E.)
28 **preito:** homenagem; vassalagem. (N.E.)

Lê no céu seu fado escrito,
30 Quando o Brasil solta um grito,
Franze a testa de granito,
E diz ao estrangeiro: vem!...

Sim, eu vejo, ainda a espada,
Na tua destra reluz,
Cabocla civilizada
De pernas e braços nus,
Cidade das galhardias,
Que no teu punho confias,
Coeva de Henrique Dias,
40 Guerreira da Santa Cruz!

Estremecida, ridente,
Como que esperas alguém.
Ouves um som de torrente?
É a grandeza que vem...
Teu hálito alimpa os ares,
Por cima do azul dos mares
Prolongam-se os teus olhares,
Que vão namorar além...

Não te pegam em descuido;
50 Teu movimento é fatal.
E a liberdade, esse fluido,
Que forma o gládio, o punhal,
Nos teus contornos ondula,
Nas tuas veias circula,
E vai chocar-te a medula,
Dos ossos de pedra e cal.

É um lidar incessante,
Cai-te da fronte o suor;
Ferve tua alma brilhante,

---

37 **galhardia**: elegância; coragem, bravura. (N.E.)
39 **coeva**: contemporânea; **Henrique Dias**: filho de escravos libertos (?-1662), foi um dos comandantes da resistência pernambucana às invasões holandesas. (N.E.)

60　　E tudo é belo em redor.
　　　O assombro lambe-te a planta,
　　　Na estrela, que se alevanta,
　　　Pousado um arcanjo canta:
　　　Vai ser do mundo a maior!

　　　Tens aberta a tua história,
　　　Laboras como um crisol;
　　　Como um estigma de glória,
　　　Nos ombros queima-te o sol.
　　　A guerra, a guerra é teu cio,
70　　Fera!... O estrangeiro frio
　　　Se aquece ao beijo macio
　　　Dos teus lábios de arrebol.

　　　Assopras nas grandes tubas,
　　　Que despertam as nações;
　　　Eriçam-se as férreas jubas,
　　　Uivam as revoluções...
　　　Teus edifícios dourados
　　　Vão-se erguendo, penetrados
　　　Da voz dos Nunes Machados,
80　　Do grito dos Camarões!...

　　　Com a morte bebes a vida;
　　　Não te abalas, não te dóis!
　　　D'oiro e luz sempre nutrida,
　　　Novas ideias remóis,
　　　É que à voz das liberdades,
　　　Calcadas as potestades,
　　　Germinam, brotam cidades
　　　Do sepulcro dos heróis!

66　　**crisol**: recipiente usado para fundir metais a temperatura elevada. (N.E.)
79　　**Nunes Machado**: referência ao político pernambucano Joaquim Nunes Machado (1809-1849), um dos chefes mais destacados da Revolução Praieira, morto em combate.
80　　**Camarão**: referência ao herói pernambucano Antônio Felipe Camarão (1600-1648), que lutou contra os invasores holandeses. (N.E.)
86　　**calcada**: imitada, copiada; **potestade**: quem manda ou impõe a própria vontade. (N.E.)

Possa a coragem de novo,
Teu bafo ardente inspirar,
E a glória sair do povo,
Como tu surges do mar...
O coração teu adivinha,
De fome o ferro definha,
Ruge o gládio na bainha,
Como na gruta o jaguar...

Sejam meus votos aceitos,
Dá-me ver tuas ações,
Dá-me sugar esses peitos,
Que amamentaram leões...
Saíste nua das matas,
Não temes, não te recatas;
Contra a frota dos piratas
Açula os teus aquilões...

[...]

(1862)
(*Dias e noites*)

---

104 **açular:** incitar, provocar; **aquilão:** vento frio e intenso que vem do norte. (N.E.)

A escravidão

Se é Deus quem deixa o mundo
Sob o peso que o oprime,
Se ele consente esse crime,
Que se chama a escravidão,
Para fazer homens livres,
Para arrancá-los do abismo,
Existe um patriotismo
Maior que a religião.

Se não lhe importa o escravo
Que a seus pés queixas deponha,
Cobrindo assim de vergonha
A face dos anjos seus,
Em delírio inefável,
Praticando a caridade,
Nesta hora a mocidade
Corrige o erro de Deus!...

(1868)
(*Dias e noites*)

SOUSÂNDRADE

Joaquim de Sousa Andrade nasceu na Fazenda de Nossa Senhora da Vitória, comarca de Alcântara, município de Guimarães, no Maranhão, em 9 de julho de 1832. Estudou primeiramente em São Luís e mais tarde em Paris, onde cursou Letras e Engenharia de Minas. Viajou pela Amazônia, onde observou costumes indígenas. Posteriormente, percorreu vários países da Europa e da América Latina. Para acompanhar os estudos da filha, após a separação da esposa, fixou residência em Nova York, onde publicou alguns livros de poesia. Participou da revista O Novo Mundo, como editor e autor de artigos políticos e literários. De volta ao Brasil, participou da campanha abolicionista e republicana. Integrou o primeiro governo republicano do Estado do Maranhão, tendo sido o idealizador de sua bandeira. Em São Luís, foi professor de grego e concebeu o plano de fundar uma universidade, que acabou frustrado. Morreu pobre e esquecido, em 21 de abril de 1902.

Harpa XXXII

1   Dos rubros flancos do redondo oceano
    Com suas asas de luz prendendo a terra
    O sol eu vi nascer, jovem formoso
    Desordenando pelos ombros de ouro
    A perfumada luminosa coma,
    Nas faces de um calor que amor acende
    Sorriso de coral deixava errante.
    Em torno a mim não tragas os teus raios,
    Suspende, sol de fogo! tu, que outrora
10 Em cândidas canções eu te saudava
    Nesta hora d'esperança, ergue-te e passa
    Sem ouvir minha lira. Quando infante
    Nos pés do laranjal adormecido,
    Orvalhado das flores que choviam
    Cheirosas dentre o ramo e a bela fruta,
    Na terra de meus pais eu despertava,
    Minhas irmãs sorrindo, e o canto e aromas,
    E o sussurrar da rúbida mangueira —
    Eram teus raios que primeiro vinham
20 Roçar-me as cordas do alaúde brando
    Nos meus joelhos tímidos vagindo.
    Ouviste, sol, minh'alma tênue d'anos
    Toda inocente e tua, como o arroio
    Em pedras estendido, em seus soluços
    Andando, como o fez a natureza:
    De uma luz piedosa me cercavas
    Aquecendo-me o peito e a fronte bela.
    Inda apareces como antigamente,
    Mas o mesmo eu não sou: hoje me encontras
30 À beira do meu túmulo assentado,
    Com a maldição nos lábios branquecidos,
    Azedo o peito, resfriada cinza

---

1   **flanco:** lado, borda. (N.E.)
5   **coma:** cabelo grande. (N.E.)
20 **alaúde:** instrumento de cordas de origem árabe. (N.E.)
21 **vagir:** emitir som de choro ou lamento. (N.E.)

Onde resvalas como em rocha lôbrega:
Escurece essa esfera, os raios quebra,
Apaga-te p'ra mim, que tu me cansas!
A flor que lá nos vales levantaste
Subindo o monte, já na terra inclina.

Eu vi caindo o sol: como relevos
Dos etéreos salões, nuvens bordaram
40　As cintas do horizonte, e nas paredes
Estátuas negras para mim voltadas,
Tristes sombras daqueles que morreram;
Logo depois de funerais cobriu-se
Toda amplidão do céu, que recolheu-me.

As flores da trindade se fecharam,
E já abrem no céu tímidos astros;
Apenas se amostrou marmórea deusa.
Que sossego! me deito nesta lajem,
Meus ouvidos eu curvo, o pensamento
50　Penetra a sepultura: o caminhante
Assim vai pernoitar em fora d'horas,
E bate ao pouso, e descansando espera,
Belos túmulos, verde ciparisso,
Dai-me um berço e uma sombra. Como invejo
Esta vegetação dos mortos! rosas
Meu corpo também pode alimentar.
Além passa o sussurro da cidade,
E nem quero dormir neste retiro
Pelo amor d'ócio: mais feliz o julgo
60　Quem faz este mistério que me enleva,
Deus somente alumia este caminho.

Nasce de mim, prolonga-se qual sombra,
Negra serpe, crescendo-se anelando,

33　**lôbrega:** sombria, funesta. (N.E.)
48　**lajem:** o mesmo que laje. (N.E.)
53　**ciparisso:** cipreste. (N.E.)
63　**serpe:** o mesmo que serpente ou, em arquitetura, linha de ornato em forma de serpente. (N.E.)

Cadeia horrível: sonoroso e lento
Um elo cada dia vem com a noite
Rolando dessas fráguas da existência
Prende-se lá no fim — a morte de hoje
Que procurava a de ontem; a de amanhã
Virá unir-se a ela... e vai tão longa!

70 Como palpita! E eu deste princípio,
Mudo, e sem poder fugir-me dele,
Já estou traçando com dormentes olhos
Lá diante o meu lugar — oh, dores tristes!
Todos então ao nada cairemos!
E o ruído do crime esses anéis
Não, não hão de fazer: num só gemido,
Fundo, emudecerão sono da paz.

Oh, este choro natural dos túmulos
Onde dormem os pais, indica, amigos,
80 Perda... nem as asas ao futuro
Não sei voar: a dor é do passado
Que se esquece na vista enfraquecida,
Como fica o deserto muito longe.
Senão a morte me trazendo a noite,
Nada mais se aproxima: solitário
Às bordas me debruço do horizonte,
Nutro o abismo de mágoas, de misérias!
Porto de salvação, não há na vida,
Desmaia o céu d'estrelas arenoso...
90 Eu fui amado... e hoje me abandonam...
Meões do nada, desapareci-me!

(Harpas selvagens)

---

66 **frágua**: fornalha, calor intenso; infortúnio, amargura. (N.E.)
91 **meão**: médio, mediano, medíocre. (N.E.)

Dá meia-noite

(ALB........)

1   Dá meia-noite; em céu azul-ferrete
Formosa espádua a lua
Alveja nua,
E voa sobre os templos da cidade.

Nos brancos muros se projetam sombras;
Passeia a sentinela
À noite bela
Opulenta da luz da divindade.

O silêncio respira; almos frescores
10   Meus cabelos afagam;
Gênios vagam,
De alguma fada no ar andando à caça.

Adormeceu a virgem; dos espíritos
Jaz nos mundos risonhos —
Fora eu os sonhos
Da bela virgem... uma nuvem passa.

(Eólias)

---

9   **almo:** benigno, adorável. (N.E.)

Desiderium*

1 Quero voltar ao meu ninho,
Onde não devo morrer
Das roseiras entre o espinho,
Nos destroços do moinho
Rolas ouvindo gemer;

Ao meu ninho, alevantado
Por mim mesmo à beira-mar,
Do vento aos sopros vibrado,
Da vaga aos sons embalado —
10 Oh, meu formoso solar!

Ao viver contemplativo
Do meu norte do equador —
Que saudades! que saudades!
Dos meus anjos vindo às tardes;
À Vitória toda em flor!

Às sombras dos tamarindos
Eu quero a sesta dormir
Sentus in umbra, aos infindos
Mistérios da calma e aos lindos
20 Sonhos da amante a sorrir.

E nas horas de paraíso
Aura divina a enrugar
Na praia da espuma o friso;
E dentre o medo e entre o riso
Vagando o gênio insular.

E a falua que alva abria
No rio a vela ao clarão

---

* **desiderium**: do latim, desejo. (N.E.)
15 **Vitória**: provável referência à Quinta da Vitória, chácara do poeta, no Maranhão. (N.E.)
18 ***Sentus in umbra***: possivelmente um erro de impressão. O correto seria *Lentus in umbra* (do latim, "Reclinado à sombra"), fragmento de *As bucólicas*, do poeta romano Virgílio (71 a.C.- 19 a.C.). (N.E.)

Ou dos céus, ou da ardentia
Que é das águas alegria,
Do nauta a bela canção —

Quando seu manto de glórias
Desdobrava o mago luar,
Que parecia a Vitória
Ressumando de memórias,
Saudoso encantado o lar,

O que ama profundamente
Sentia, feliz então,
Voz ignota, asa fremente
Revoando, vagamente
Qual dentro do coração...

Oh, voltar eu quero ao ninho
Que elevei co'o meu suor!
Das roseiras ao espinho
Aonde a rola no moinho
Geme às sombras do equador!

Aonde eu acordo aos olores
Da laranjeira e a romã,
Todos ramos tendo flores,
Borboletas, beija-flores,
Toda doirada a manhã.

New York — 1875
(Inéditos)

---

32   **mago:** fascinante, sedutor, mágico. (N.E.)
34   **ressumar:** gotejar, verter. (N.E.)
38   **ignota:** desconhecida; **fremente:** agitada, trêmula. (N.E.)

BIBLIOGRAFIA

Obras poéticas dos autores reunidos nesta antologia

GONÇALVES DE MAGALHÃES
Poesias (1832)
Suspiros poéticos e saudades (1836)
A confederação dos tamoios (1857)
Urânia (1862)
Cânticos fúnebres (1864)

GONÇALVES DIAS
Primeiros cantos (1846)
Segundos cantos e Sextilhas de frei Antão (1848)
Últimos cantos (1851)
Cantos (1857)
Os timbiras (inacabado, 1857)

LAURINDO RABELO
Trovas (1853)
Poesias (1867)

CASIMIRO DE ABREU
Primaveras (1859)

JUNQUEIRA FREIRE
Inspirações do claustro (1855)
Contradições poéticas (data incerta)

ÁLVARES DE AZEVEDO
Lira dos vinte anos (1853)

Pedro Ivo (1855)
Poema do frade (1862)
Conde Lopo (1866)

FAGUNDES VARELA
Noturnas (1861)
O estandarte auriverde (1863)
Vozes da América (1864)
Cantos e fantasias (1865)
Cantos meridionais (1869)
Cantos do ermo e da cidade (1869)
Anchieta ou O evangelho na selva (1875)
Cantos religiosos (1878)
Diário de Lázaro (1880)

BERNARDO GUIMARÃES
Cantos da solidão (1852)
Poesias (1865)
Novas poesias (1876)
Folhas de outono (1883)

CASTRO ALVES
Espumas flutuantes (1870)
A cachoeira de Paulo Afonso (1876)
Os escravos (1883)

TOBIAS BARRETO
Dias e noites (1893)

SOUSÂNDRADE
Harpas selvagens (1857)
Impressos (1868)
Obras poéticas (1874)
Guesa errante (1876/1877)
O guesa (1888)
Novo Éden, poemeto da adolescência (1888/1889)
Harpa de oiro (1889/1899)

Obras de onde os poemas foram extraídos

BANDEIRA, Manuel. *Obras poéticas de A. Gonçalves Dias.* São Paulo: Nacional, 1944.
BARRETO, Tobias. *Dias e noites.* Rio de Janeiro: Organização Simões, 1951.
CAMPOS, Augusto de & CAMPOS, Haroldo de. *ReVisão de Sousândrade.* 2. ed. rev. e aum. Rio de Janeiro: Nova Fronteira, 1982.
GUIMARÃES, Bernardo. *Poesias.* Rio de Janeiro: INL, 1959.
RABELO, Laurindo. *Poesias.* São Paulo: Cultura, 1944.
SILVA RAMOS, Frederico José da & SOARES AMORA, Antônio. *Grandes poetas românticos do Brasil.* São Paulo: Edições LEP, 1949. (Poemas de Gonçalves de Magalhães, Álvares de Azevedo, Casimiro de Abreu, Junqueira Freire, Fagundes Varela e Castro Alves.)

Bibliografia complementar

AGUIAR E SILVA, Vítor Manuel. *Teoria da literatura.* Coimbra: Livraria Almedina, 1969.
CARPEAUX, Otto Maria. *História da literatura ocidental.* Rio de Janeiro: O Cruzeiro, 1963. vols. IV e V.
COUTINHO, Afrânio (Dir.) *A literatura no Brasil.* Rio de Janeiro: Editorial Sul-Americana, 1968. vols. I e II.
PORTELLA, Eduardo et alii. *Teoria literária.* Rio de Janeiro: Tempo Brasileiro, 1975.
PROENÇA FILHO, Domício. *Estilos de época na literatura.* São Paulo: Ática, 1984.
RODRIGUES, Antônio Medina et alii. *Antologia da literatura brasileira; textos comentados.* São Paulo: Marco Editorial, 1979. vol. I.
ROMERO, Sílvio. *História da literatura brasileira.* Rio de Janeiro: José Olympio, 1960. vols. 4 e 5.
SODRÉ, Nelson Werneck. *História da literatura brasileira; seus fundamentos econômicos.* São Paulo: Difel, 1982.
VERÍSSIMO, José. *História da literatura brasileira.* Rio de Janeiro: José Olympio, 1969.

BOM LIVRO NA INTERNET

Ao lado da tradição de quem publica clássicos desde os anos 1970, a Bom Livro aposta na inovação. Aproveitando o conhecimento na elaboração de suplementos de leitura da Editora Ática, a série ganha um suplemento voltado às necessidades dos estudantes do ensino médio e daqueles que se preparam para o exame vestibular. E o melhor: que pode ser consultado pela internet, tem a biografia do autor e traz a seção "O essencial da obra", que aborda temas importantes relacionados ao livro.

Acesse **www.atica.com.br/bomlivro** e conheça o suplemento concebido para simular uma prova de vestibular: os exercícios propostos apresentam o mesmo nível de complexidade dos exames das principais instituições universitárias brasileiras.

Na série Bom Livro, tradição e inovação andam juntas: o que é bom pode se tornar ainda melhor.

Créditos das imagens

Legenda
a no alto; **b** abaixo; **c** no centro; **d** à direita; **e** à esquerda

capa: *Mar azul*, 2008, obra de Sandra Cinto, coleção particular / cortesia Casa Triângulo (foto: Everton Ballardin); **8:** Johan Moritz Rugendas / coleção particular; **11d:** coleção particular/ Mostra do Redescobrimento, Fundação Bienal de São Paulo; **12a:** Agência Estado; **15a:** Acervo Iconographia / Reminiscências; **17d:** Álbum / akg-image / Latinstock; **19a:** Instituto de Estudos Brasileiros / USP; **22b:** Eugène Delacroix / Museu do Louvre, Paris; **quarta capa:** Edilaine Cunha.

OBRA DA CAPA

SANDRA CINTO
(Santo André, SP, 1968)
Mar azul, 2008
Acrílica e caneta permanente sobre MDF (edição única), 170 x 100 cm
Coleção particular / cortesia Casa Triângulo

O mar é uma imagem frequente na poesia romântica. A imensidão do oceano denota a pequenez do homem diante da natureza. As oscilações de ressaca e calmaria espelham suas emoções — ora impetuosas, ora serenas. É também no mar que o poeta busca a cor dos olhos da mulher amada, a nau que conduz escravos ao martírio, o manto de água que beija a terra natal. Na obra de Sandra Cinto, o traço forte das ondas prateadas se sobrepõe delicadamente ao azul. As linhas desse suave turbilhão resultam numa superfície rendada, tecida ao mesmo tempo com o lirismo byroniano e a eloquência dos condoreiros.

SANDRA CINTO nasceu em Santo André (SP), onde iniciou seus estudos e se formou em educação artística. Mora em São Paulo, onde trabalha como artista plástica, professora universitária e orientadora de grupos de estudos. Sua obra mistura diversas técnicas e suportes, explorando o contraste das formas. Participou da XXIV Bienal de São Paulo em 1998 e, em 2005, recebeu o Prêmio Residência da Civitella Ranieri Foundation, Itália.

Este livro foi composto nas fontes Interstate, projetada por Tobias Frere-Jones em 1993, e Joanna, projetada por Eric Gill em 1930, e impresso sobre papel Pólen Soft 70 g/m²